無法の世界

樋口毅宏

角川書店

装画　江口寿史
装幀　井上則人

目次

――生きることに幸せも不幸せもない。
私たちは逃げるだけだ。私たちを押しつぶそうとする何かから。――F・Y

第一部 裸の街

1

四季は消滅した。あっという間だった。最初のうち、「環境破壊など気のせいだ。左翼の陰謀論だ」と嘲笑していた者たちも、正月に気温が四十℃を超え、真夏に大雪が降ると黙り込んだ。あるいはまた「左翼の陰謀だ」と声高に叫んだ。

少し前まで人々はこう言っていた。

「近年は台風により大きなイベントの中止が相次ぐようになりました。そろそろ人類は地球の環境を改善するため、本格的に温室効果ガスの削減に取り組むなど、重い腰を持ち上げるときがきたのかもしれません」

しかし、ぐずぐずと腰を浮かしたときには手遅れになっていた。

奈良県の山間部一帯で火事が自然発生し、瞬く間に平野部へと燃え広がった。近隣住民から第一報が伝えられ、消防隊員が現地に駆けつけたときにはすでにお手上げの状態だった。無数の家屋が焼け落ち、人々は逃げ惑った。火の粉は風に煽られて半日で県下にまで届き、東大寺や法隆寺を焼いた。

自衛隊が出動した。ＰＫＯで海外の戦地を見てきた隊員たちは戦場以上のものを見た。躍り狂う紅蓮の焔を前に隊員たちは為す術も無く、自然鎮火を待つしかなかった。

火事から十八日目、火の手は京都と大阪にまで忍び寄り、一向に衰える気配を見せなかったが、半年ぶりに雨が降った。人々は恵みの雨と諸手を挙げたが、十日も続くと気持ちは安堵から苛立ち、怒り、そして絶望へと変わった。豪雨は体育館を、避難民ごと洗い流した。

一方、火災シーズンに首相はハワイでゴルフを楽しんでいた。

「これを機に高齢者が減ってくれると助かるが」

気の置けないゴルフ仲間に漏らした軽口がネットにアップされた。それでも支持率は下がらなかった。

火難は北海道から沖縄まで、日本のそこかしこで起きた。被災した人たちをテレビで見ながら「お気の毒に」と呟いていた人が、翌週百キロ先の森林火災が自宅にまで及び、避難所をねぐらにした。

心ない人が仮設住宅に投石を繰り返したが、彼らも火災により避難民の仲間入りを果たし、仮設住宅にさえ入居できなかったテント組として爪弾きにされた。備蓄品の取り合いが起こり、性暴力がまかり通り、殺傷事件が頻出したが、警察は場当たり的な対応を取るにとどまった。そうしてさらに血が流れた。

壊滅的な群発火災の末、奈良の大火から一年余りで、国土の四千五百平方キロメートルが焼失した。これは東京と神奈川を合わせた面積に匹敵した。

しかしこれすらも擾乱の世界の幕開けに過ぎなかった。

異常乾燥と未知のウィルスによりほとんどの畑は死に絶えた。もともと三十%台だった国内の食糧自給率はみるみるうちに下降し、底を打った。日本だけでなく、海外でも同じ現象が同時進行していた。世界経済は完全に停止した。数年前にようやく収束した新型コロナウィルスの騒動も今回と比べたら軽傷に等しかった。

誰も半年前まで思わなかった。牛丼が一杯一万円になるなんて。マクドナルドに朝から並んでもビッグマックにありつけなくなるなんて。全国のセブン‐イレブンからおにぎりが消えるなんて。

こうして長らく安穏な平和を享受していた日本に、無法の世界が到来した。

2

久佐葉《くさば》イツキはテレビのニュース番組を観ていた。

地球温暖化により南極の氷はすべて溶けたという。

中国では細菌兵器でおよそ三十万人を殺害したと伝えている。中国政府は公式にこれを認め、「虐殺ではなく人口抑制策。国際世論と見解の違い」と会見した。

日本のスタジオに戻る。コメンテーターの社会評論家がコメントを求められた。

「致し方ありません。中国は人が多いですしね。また増やせばいいですよ」

司会者が訊いた。

「今後、日本でも同様のことが起こらないでしょうか?」

社会評論家はジロッと睨んだ。

「非国民の発言ですな」

この評論家はその後、首相のお友達ルートの恩恵に与って、シンガポールに高飛びした。彼だけでなく、資産家ほど大邸宅に引き籠るか、金持ちが優遇される国に逃亡した。

高額納税者が続々と海外に高飛びするのを見かねた日本政府は、国際線の旅客機を運航中止にした。そして三日前、テロリストが国内便をハイジャックして北欧行きを要求したが、航空自衛隊が旅客機を撃墜した。首相の支持率は回復した。

久佐葉イツキは決断を迫られていた。パートナーの葉子《ようこ》は彼女の横顔を見つめる。イツキが口を開いた。

「東京を出よう。これまでは都会にいればモノが集まってきた。けどこれからは違う。物資ルートが断たれた今、食糧が備蓄されている農村地帯に移ったほうがいい」

「心当たりはあるの？」

「わたしの故郷、××県の恵田町《めぐみだちょう》だ。二〇一一年に原発事故が起きたとき、避難指示区域だったが、現在は解除されている。区の行政を担当している姉とは音信不通だが何とかなるだろう。それに――」

「それに？」

「ここにとどまるよりはマシだ」

葉子は不安な表情を隠せない。しかし、冷蔵庫の中はとっくに空っぽだった。

イツキは立ち上がる。それが行動に移す合図だと葉子は知っている。イツキは口数が少ない。こ

う と決めたら必ず実行する。そういう人だ。市街行きの鉄道は一部の特権階級を除いて閉鎖されている。ふたりは貴一《きいち》の分も含めて五日分の着替えと、缶詰などわずかな食糧と水、生理用品とトイレットペーパーなどの消耗品を、マンションから一階駐車場の中古ワゴン車に詰め込んだ。

夜間外出禁止令が出ているため、動くなら日中しかない。準備を終えるとふたりは車に乗り込んだ。

「おっと、忘れるところだった」

葉子は助手席で待つ。しばらくするとイッキはショットガンとズダ袋を携えていた。

「急ごう。暗くなる前に」

貴一が通う小学校へと車を走らせた。

通りは物騒な空気に包まれていた。誰もが目を血走らせ、肩を怒らせながら歩いている。人類は新型コロナウイルスを克服したはずだったが、外出の際はマスクを着けるのが日常化していた。襲撃の対象のため、すべてのコンビニが閉鎖していた。自動ドアには臨時休業の紙が貼られている。

戒厳令は、国が国民ではなく自分たちを守るために発令した。コロナ騒動の際、ウイルスより人間のほうが怖いと人々は知った。今回の擾乱により、体制を擁護する者と攻撃する者とに国は二分された。後者は空腹から怒りに目覚めた。獣の感性が剥き出しにされた。

先日も農林水産省管轄の保管貯蔵庫が襲われる、所謂〝令和の米騒動〟が起きたばかりだった。政府はいまや「国民の大多数が反乱分子」と疑心暗鬼になっている。あながち間違いではなかった。

早々に渋滞に巻き込まれた。車と車の間を人々が駆け足で過ぎていく。イッキと葉子の視線の先には、タワーマンションの地下駐車場の出入り口に詰め込む大勢の人々が屯していた。食糧が尽きたのだろう、マンションから外へ出て行こうとした上級市民が、暴徒の群れに遮られて、BMWから引きずり出された。メディアで顔を売っていたIT社長は、五人までタイヤの下敷きにしたが、バットでガラスを割られると首根っこを掴まれた。

「やめろ！　金ならやる！」

暴徒はBOTTEGA VENETAの財布を宙に放り投げる。意味を喪失したゴールドカードが舞った。振り上げたバットがIT社長の頭を直撃すると、Cartierのサングラスが吹き飛んだ。血を流しながら彼は叫んだ。

「嫁と子どもだけはやめてくれ！」

暴徒は美しい妻のコートを引き千切り、泣き止まない子どもの見ている前で代わる代わる犯した。そのうちひとりが、子どもがうるさいことに腹を立て、小さな頭を踏み潰した。暴徒は快哉を叫んだ。一部始終がネットで中継され、拡散された。この動画だけではない。残虐なものほど無数の「いいね！」を獲得した。

暴徒はワールドカップのサポーターのように手を叩き、声を合わせ、喜びをひとつにする。

「金持ち殺せ！　金持ち殺せ！」

「腐遊層、NO！　腐遊層、NO！」

〝腐遊層〟というのは〝富裕層〟を蔑視するネットスラングだ。

彼らが求めているものは、補償や助成金、ましてや富の再配分などという御大層なものではない。富者の鮮血で手近に空腹を満たした。

葉子は目を背ける。

「貴一が見なくて良かった」

イッキが長い髪を指に巻きながら呟く。

「これから見ることになる。嫌というほど」

その後も度々渋滞に巻き込まれて、車が小学校に着いたのは昼だった。学校に車を横付けする。

「行ってくる」

「待って。私も」

葉子を車に置いていくのは危険かもしれない。イッキはそう判断し、ふたりで校門を潜った。

どこの教室も半分から三分の一程度の生徒がいた。新型コロナウイルス騒動のとき、家に子どもがいることを持て余した教訓から、親たちは無理に通わせていた。教訓は生かされず、国内のオンラインシステムは相変わらず発展していなかった。

四年一組の教室に足を踏み入れると、生徒たちはめいめいの弁当箱を広げていた。食糧難の時代を迎え、いち早く子どもたちの給食は廃止された。中には手持ちのビスケットさえなく、友達から分けてもらう者もいる。イッキはひときわ青白い顔をした子を捜す。すぐに貴一を見つけた。

貴一はイッキと葉子を見て驚く。彼の机の上には、ランチボックスがなかった。

「ママ」

貴一はバツの悪い顔をした。

「あなたのお弁当は……?」

すぐにわかった。教室の後方に位置するグループと目が合う。連中のひとりが見覚えのあるTHERMOSの弁当箱を囲んでいた。自分たちの分まで詰めた弁当だった。イッキは歩を進める。

ーダー格の少年が白米を頬張りながら、イッキを見上げてこう言った。

「あいつが、食べて下さいって、くれたんだよ」

次の瞬間、イッキは少年の頰を張った。少年は椅子から転がり落ちた。イッキは少年の背中を黒のブーツで蹴った。何度か蹴りつけた。背骨が折れる感触があった。少年は小刻みに痙攣しながら口から血とご飯を吐いた。それを見届けると、イッキは悠然とした足取りで貴一のところに戻り、行くぞと言った。

「待ちなさいよ！」

生意気そうな、綺麗な顔をした少女がイッキの背中に叫んだ。イッキはかまわず教室を出ようとしたが、少女が侮蔑的な差別用語を発した。

「ママが言ってた。あんたたちみたいなカップルが地球を滅ぼすんだって」

イッキは踵を返した。ずんずんと進んで助走をつけて、少女の顔面を蹴った。少女は避ける間もなく机と椅子ごと倒れた。少女は「ひぃー」と叫んだが、イッキが頭をつかんで壁に何度か叩き付けるとおとなしくなった。顔は潰れて血だらけになった。前歯はあらかた折れた。子どもが壊れた玩具を「用なし」と見向きもしなくなるように、イッキも少女を床に放り捨てた。教室は声もなかった。

「ママによろしくな」

イッキが捨て台詞を吐いた後、貴一の手を引いたが、彼は踏み留まった。

「どうした。あと誰を成敗してほしい？」

イッキが見渡すと、グループは震え上がった。貴一が首を振る。

「東京を出るの？」

「そうだ。数日前から話していたな」

教室を出ようとすると男性教師がやってきた。いまどき珍しい角刈りで、背が高くて頑丈そうだった。

「誰ですか、あなたたちは」

「あんたは」

「このクラスの担任です」

男性教師が胸を張って答えたと同時に、イツキは彼の股間を蹴り上げた。

すぐに車を走らせる。わずかの時間とはいえ、車上荒らしにあっていないか心配したが無事だった。用務員らしき人物が追いかけてくるが、すぐにあきらめたようだ。一一〇番に通報するだろうが、治安維持に忙しい警察が自分たちにかまけるとは思えなかった。

葉子は後部座席で貴一の肩を抱きしめる。

「どうりで最近よくおかわりをすると思った。気づいてあげなくてごめんなさい」

自分たちが同性愛カップルであることもイジメられた要因だろう。しかしそれは言葉にしない。イツキに叱られるからだ。運転席に聞こえないよう小声で囁く。

「あなたに苦労を強いてごめんなさい」

葉子は貴一の頬に鼻を擦りつけた。

3

夕焼けがそこまで迫ってきた。今夜のうちに飛ばして着く予定だったが、高速はもちろんのこと、一般道が封鎖されているため、車は幾度となく渋滞に巻き込まれた。

貴一は小さなあんパンを二個食べて落ち着くと、スマホのLINEゲームに興じた。こんな世の中でもネットは生きている。人類は命よりスマホが大事だった。それに飽きると動画ばかり見ている。尻の位置がどんどん前にずれて姿勢が悪くなっても、難しそうな顔のまま画面から目を離そうとしない。

「少しはセーブしたら？　電池が切れちゃうよ」

貴一は耳を貸さない。スマホに集中している。

イツキがバックミラーを覗く。

「この子にとって世界が滅びようと関係ない。ユーチューブとネットゲームさえあればいいんだ」

その声を警告と受け止めたのか、貴一はスマホを切る。鼻腔から息を漏らす。

貴一が窓の外を眺める。とりあえず訊いてみる。

「あとどれぐらい？」

「三百キロ足らず。そう遠くない」

「ママの故郷ってどんなとこ？　僕が生まれる前に原発が爆発したんでしょう？　教科書に載ってた」

「むかしの話だ」

「こーんなにゴミ袋を積まれたの、見たことがある」

放射能汚染土を詰めた黒のフレコンバッグのことを言っているのだろう。

「安全なの？」

イツキは頷く。

「天の采配か、神の気まぐれか。いま日本でいちばん安全な場所だ。ここ数年、××だけが夏は暑く、冬は寒い。台風もすべて避けている。検査が義務づけられているため、米だけでなくすべての農作物、牛や豚、魚も安心して食べられる」

「オリンピックを日本に誘致するときの映像を見たことがある。総理大臣が〝安全を保証します。状況は完全にコントロールされています〟ってスピーチをしてた」

貴一はネットで読んだ恵田町について書かれた差別的な記事の話をした。葉子が即座に否定した。

「信じちゃダメよ。全部デマだから」

暗くなってきた。まだ栃木にも着いていなかった。

「夜のうちに着きたいが」

「ママ、おなか減った」

「東京よりこっちの方がこっそりと開けている店もありそうだが」

市街を走ったがシャッター通りのため人の気配はない。パチンコホールが一軒、けばけばしいネオンを発していた。

宇都宮《うつのみや》まで出る。餃子で有名な街だ。予想以上に華やかで、まるで代理店が拵えたテーマパークのようだった。しばらく見かけなかった無害の灯りにホッとする。どこも足下を見る値段だったが、そのうちの一店に入った。これといった味ではない。店員の居丈高な態度が目につく。イツキがテーブルの下でストロングゼロを隠し飲みしていることに腹を立てているのかもしれない。貴一は大喜びで餃子を味わっていた。葉子は安堵した。これが最後の晩餐になりませんようにと密かに願った。

点けっぱなしのテレビではニュースを放送していた。イツキと葉子が目撃したIT社長の無残な殺害事件が大きく取り上げられた。葉子が貴一に見ないでと伝えた。

次のニュース。詐欺事件の増加。「賞味期限が切れた即席麵を払い下げしている。十万あれば百個渡せる」などと話を持ちかけて金だけ払わせるといった手口が横行しているという。

貴一が大きな声を上げる。

「さっきメルカリ見たけど、カップヌードルいま五千円からだよ。そんな安いわけないじゃんね」

CMはACジャパンばかり。「STAY HOME。いまはおウチにいよう」「会えない思いが心の距離を近づける」。安いフレーズが続く。

次のニュース。役所の職員を名乗る男から電話が掛かってきて「今から近くの公園でジャガイモを配給します」と言われ、出かけると同じように近所の人たちが多数集まっている。しかし職員はいない。いいかげん待っても現れないので役所に電話を掛けると、「そんな話は知らない」と言う。慌てて家に戻ると、台所から米櫃、冷凍庫から長期保存食などが盗まれていたという。

「犬もいないのよ。ウチの大きいワンちゃん」

被害にあった女性が語る。

「食用に回されたな」

イッキが呟く。

「ミンチになって、白菜とニンニクに混ぜたらわからない」

貴一がぎょっとして、箸を持つ手が止まった。

次のニュース。フロリダとメキシコに雪が降った。「早く死にたい」と嘆く人たち。

どれも気候変動の果てに人間性が壊れていくニュースばかりだった。

イッキの目に、向かいの席に座る家族連れが映る。双子の少女がいた。

双子はとかく人の視線を引きがちだが、自身も双子のイッキには尚のことだった。気が付くと自分たちの姿を重ねる。眉を吊り上げながら骨付き肉にかぶりつく少女と、俯きかげんに小さな口で人参の先を齧る少女。よく似ているが性格はまるっきり違う。まるで一回り年上に見える少女が、大人しそうな妹の口に肉を突き出す。妹が齧る。ふたりは微笑む。同じ笑顔だった。自分にもあんなときがあったとイッキは思う。酔っているせいだと自分に言い聞かせる。

イッキは店長に訊ねる。アルコールにより頬に赤みがさし、女の艶が出ていた。

「ここら辺も朝まで戒厳令が敷かれてる？」

「おたくら東京からだろ。そっちじゃメシがなくて、わざわざこっちまで来るんだよな。キャベツを盗んで闇に流すから、警官だけでなく自警団まで二十四時間畑を見張ってる」

「ママ、チャーハン食べたい」

貴一がおねだりする。店長が言い放つ。

「一見の客には出さん」

意地悪そうに片頬を吊り上げた。

「いまや米はダイヤより高い。誠意を見せたら考えてもいい」

店長がイツキの身体を睨め回す。黒い服から徒に盛り上がった彼女の胸に、今にも掴み掛からんほどの視姦ぶりだった。

イツキが立ち上がる。自分より長身で店長がたじろぐ。

「ちょっと話でもしようか」

イツキが店長の肩を抱いて厨房の奥へと誘う。葉子と貴一が目で追う。見えなくなったところで、どさっと崩れ落ちた音が聞こえた。イツキが何事もなかったように戻ってくる。

「チャーハン売り切れだって」

貴一は残念そうな顔をする。イツキはふたりを出入り口にと背中を押す。

「会計は？」

「おごりだとさ」

4

車を走らせる。窓を少し開いて、イツキがタバコの煙を吐き出す。

「今夜はどうすっかな。恵田まで頑張ってみるか。それとも宿を探すか」

「結構飲んでるでしょう。無理しないで」

葉子のじりじりする声。矛先はスマホを見ている貴一にも向けられる。

「いいかげん電池切れるよ」

貴一はスマホから顔を上げずに答える。

「さっきの店でこっそり充電した」

「てことは、今夜のところはコンセントもいらんな」

車は山の中に入る。エンジンを切ると、闇と静寂に包まれた。

「おやすみ」

イツキはシートを倒す。すぐに寝息を立て始めた。

暗がりの中、葉子はイツキの寝顔を見つめる。横顔が月明かりに照らされている。こんなときでも、こんな場所でも、すぐに眠れる神経が羨ましくもあり、苛立たしくもあった。

イツキに言われるがまま従ってきたが、今になってじんわりと後悔の念が忍び寄っていた。家に留まっていたほうが良かったのではないか。今回に限った話ではない。彼女の口車に乗せられて、気が付いたら見知らぬ地点に来ている。いや、それは責任転嫁だろう。「葉子はどう思う？」と、イツキが訊ねることもあった。いつだって彼女の中で答えが決まった後だが。

二十代最後の年、葉子は手痛い失恋をした。同じ大学院生で、結婚を意識していた男に裏切られ、自棄になって飲み歩いた。何軒目だったか、カウンターに酔い潰れていたところで声をかけられた。

「美人が台無しだな」

氷が浮いたグラスを差し出された。葉子は泥のように沈み込んだあたまで、薄目がちに見たイツキの初印象は、「この人カッコいいな」だった。今よりさらに長い髪に、黒のレザージャケットとブーツで決めていた。隣に座り、タバコを吸いながら、葉子が水を飲むのを待っていた。窓の外では星が流れている。イッキの奥目と高い鼻に陰影ができて、一枚の絵のように見えた。葉子は気付かれないように、しばらく眺めていた。

あのときも月の明るさがまるで作り物のように感じた。

その店に通うようになったのは、イッキにまた会いたいという思いからだった。とはいえ最初のうちは、性の対象として見ていたわけではない。あとになってそう伝えると、イッキはおかしそうに笑った。

「わたしは初めて見たときから、葉子のことがいいなと思っていたよ」

たまに見せる、ひどく優しげな笑み。普段の毅然として凜々しく、男より男らしい表情とのアンバランスにいつしか惹かれた。たまたま好きになった人が異性でなかっただけ。葉子は誰にでもなく言い訳を作った。

「わたしのこと、怖いと思ってないか?」

いつかイッキに訊かれたことがある。一緒に住むようになった頃だったか。

「わたしは勇ましいと思われるかもしれないが、わたしからしたら、葉子のほうがよっぽど怖いぞ」

「どういうところが?」

「おとなしそうに見えて、激しい獣が宿っている」

「……………」

「それに」

「それに?」

「ケンカになっても謝るのは、いつもわたしのほうじゃないか」

イツキの白い歯に誘われて、自然と笑みがこぼれる。親とは疎遠になったが、幸せと思えるときのほうが多かった。

寝息がふたつ聞こえる。ささくれ立っていたこころが癒やされることもないまま、葉子はいつまでも夜を見つめていた。

5

夜明けと同時に車を走らせる。貴一は眠っている。

ひょんなところでむかしながらのパン屋を見つけた。眠い目を擦りながら中に入ると、手作りのパンはなく、スナック菓子やジュースしか置いていなかった。

「やったー！　かっぱえびせん！」

貴一の眠気が吹っ飛ぶ。

他にも低脂肪食品、人工甘味料、添加物、合成着色料、トランス脂肪酸、硬化油で作られた食品が並んでいた。

葉子はカロリーメイトを手に取る。大塚製薬の株は暴騰していた。

「でもマヂカル☆がぶがぶハイパーミックスはないね」

イツキ一押しのドリンクだった。世の中が大騒ぎになってから一本も飲めていない。

「生きているうちに飲めたらいいが」

葉子が金を払っている間、イツキは貴一の見ている前でうまい棒を万引きした。

走る車の中、貴一は大喜びでアルフォートとカラムーチョを同時に頬張る。葉子がたしなめても、コーラのゲップで返した。

「サイコー!」

粗暴な振る舞いをすると、口にこそ出しはしないがイツキが喜ぶと知っている。

イツキも一緒になって、アルフォートとカラムーチョをコーラで流し込んだ。

「世界の終わり、サイコー!」

葉子は呆れ顔だが、イツキは愉快そうにニヤニヤしている。

車を停める。貴一は樹の後ろで立ち小便をする。

用を済ませると、スマホを取り出し、匿名のツイッターを更新する。

KEY1@mystrongmom
昨日のIママも怖かった! 町中華で店の男を軽くKOしちゃった。この人に逆らってはいけないとつくづく思った。

リプが付いている。なるべく返そうと貴一は心がけている。

麦チョコ@puffchoco
KEY1くんのママすごいね!添付してある写真を見ると、背は高いし、男より強いし。仕事は何をしてるの?

貴一は即答する。

KEY1@mystrongmom
ハンター。鹿とかイノシシとか駆除する仕事。でもそれだけじゃ食べていけないから、葉っぱママが塾の先生をしていた。

するとすぐに捨て垢と思しきアカウントでリプが投げ込まれる。

MF5@momf0cker
おまえ親父はいねえのかよ？　女に守ってもらって恥ずかしくねえのかよ。ちんこねえんじゃないか？ｗｗｗ

貴一は「氏ね」とリプした直後、ブロックする。車に戻る。

「遅かったね」

葉子の声に、貴一は何事もなかったような顔を装う。

しばらく走らせる。ぽつんと古民家を見つけた。

「あそこで食べ物を分けてもらおう」

イツキが降りる。

「おまえらは来るな」

ショットガンを携えた。

周囲には緑と土の畑が広がっている。家畜は見当たらない。

イツキが玄関のガラス戸に手を掛けたが開かなかった。

「誰かいるか」

返事はない。イツキは勝手口を探す。そろそろと古民家の裏に回る。迂闊だった。塀の上から子どもの頭ぐらいある石が落ちてきて、瞬時に避けたものの背中を直撃した。

正面の角から男がやってきた。背後からも男がふたり。歳は何れも二十から四十までのむくつけき野郎ども。銃口を向けたが間に合わなかった。男たちは力と頭数にモノをいわせて、三人がかりでショットガンを奪った。イツキの土手っ腹に突きが入る。ぐったりとしたところを担がれて、裏庭に運ばれた。男たちはイツキのジーンズに手をかける。イツキは抵抗する。

「ジタバタするんじゃねえ」

ひとりがイツキの右目にショットガンの銃身を叩き落とした。

激しい痛みが右目を貫く。なおも頬を張られた。

ひとりがイツキの頭を押さえ付け、ひとりがショットガンを向け、ひとりがイツキの中に押し入った。

「ぐうぅ……久し振りの女だ！」

がむしゃらに腰を打ち付ける。

「早く俺にも回せ！」

イッキは右目から血を流しながら一喝する。

「下手クソ！　それでも挿れてるつもりか。粗チン野郎！」

切れた口から唾を吹き付ける。そこに血が混じっている。覆い被さられるとイッキは男の首を絞めた。ショットガンを持つ男が怒鳴る。

「おとなしくしろ！」

イッキは力を緩めない。

「こころまで屈服できると思うなよ！」

「聞こえねえのか！　撃つぞ！」

男の指がトリガーにかかる。次の瞬間、銃声がした。

ショットガンを持つ男が倒れた。頭を撃ち抜かれたからだ。

イッキは見る。葉子が拳銃を向けていた。アメリカに遊びに行ったときに、ガンマニアのイッキが分解して密輸したものだ。日本に持ち帰ってからも、たまに山で射撃の練習をした。腕前は悪くなかった。

イッキの頭を押さえ付けていた男がショットガンに手を伸ばそうとしたが、イッキは男の目に親指を突き刺した。短い叫び。痛みにのたうち回る。

葉子の銃弾が、続けてイッキを犯す男の頭部をぶち抜いた。が、男はそれでも腰を振っていた。

「カマキリか、こいつは」

イッキが蹴り上げる。陰部を見ると、たっぷりと膣に射精《だ》されていた。

イッキは悠然と立ち上がった。残った男を見下ろす。葉子も銃口を向けながら近づく。男を蹴り上げ、馬乗りになると首を絞めた。男の悶絶する声が漏れる。

「……死ね！」

男はもがき、苦しみ、ぐったりと息絶えた。

イッキは振り返る。自分を犯した男の骸に近寄ると蹴り飛ばした。屍に鞭を振るうように、萎びたペニスを何度も踏みつけた。

視線に気づく。振り向くと、貴一が立っていた。

「車の中にいなさいって言ったのに」

葉子は言うや、拳銃を後ろ手に隠した。

貴一は三つの骸と、イッキの剝き出しの股間を見ていた。

古民家のそばにある畦道に干涸らびた遺体が横たわっていた。すでに蠅が集っていた。

「連中に殺られたんだな」

家の中に入る。畳の居間に、テレビが点けっぱなしだった。酒瓶が転がり、灰皿にタバコの吸い殻が山盛り。米袋が積まれた蔵は壮観だった。

「どうせ急ぐ旅じゃない。しばらくはここで過ごすか」

葉子が薄く頷く。

「まんこも洗いたいしな」

片目が潰れたイッキの胸に、葉子は頰を沈めた。

6

俺の名は正憲《まさのり》a.k.a FUKUSHU。そう、リベンジって意味ですよ。

三度のメシより金持ちKILL。

もっとも三度のメシなどこの頃じゃ腐遊層のみのラグジュアリー。

こちとら金がなくて、なくて、なくて、なくて。

だからヤミ金手を出した。五万借りた。利息週三。返した。コツコツ。

「あんたマジメだな。えらいぜ。その調子」

むかしの友達に似てた。褒められてちょいとハッピー。

完済までいくら払ったかわからない。二度と手を出さないと誓ったハート。

ハケンの梱包。クビになり、電気代にさえ困るように。

ヤミ金からラブコール。ニコッと歯輝かせながら、

「前回ちゃんと返済してくれたから今回もっと融資してもいいよ。俺とあんたの仲だしな」

十万借りた。ひと月後にはふくらんで、ろーくじゅー・ろく・まん・えん。

取り立て屋来た。ドアスコープ覗く。その顔。貸したときと同じ男《メン》とは思えない。

居留守。ドンドンドンドン。いるっす。許してくれっす。

「マグロ船乗るか？」

待ってくれと頼んだ。俺とあんたの仲じゃないか。

「はあ!?　勝手にダチ面してんじゃねえ。おまえは俺の金ヅルだよ」

奴は四畳半に土足で踏み入り、アナログレコードの棚、見渡した。

「なんだこれ」

ターンテーブルとマイクとヘッドホン。俺の三種の神器。

棚から一枚抜き取った、N.W.A.「Straight Outta Compton」。人生の一枚。

奴は放り投げた。次々とLP投げ捨てる。やめてくれと頼んだ。

「全部叩き売って金にしろ」

PEの『II』。無人島に持って行く一枚。奴が踏んだ。ペキッ。割れる音。ブチッ。俺の中で切れる音。

仕事場から持ってきたカッター。気づいたら奴の耳、カット・オフ。

だってこいつに耳はいらない。必要ない。余計な装飾なら、ないほうがいい。

フィフティーン・ミニッツ・レイター。そいつの兄貴分来た。耳がもうひとつ増えた。今度はピアスがおまけ。

トゥー・アワーズ・レイター。いかつい男《ゲスト》。もろウシジマくん。Guess、ゲス。

「おまえやるじゃねえか。俺と一緒に組まねえか」

「断る」

俺はレペゼン最下層。いつだって貧しき者の味方。〝弱い者たちが夕暮れ、さらに弱い者たちを叩く〟俺のイズムに反する。腐っても元二等空尉。この国守ってきた誇り、失いたくない。

腹にカッターぶっ刺し解決。穏便に事は済んだ。

「ははは早く警察呼べよ。〝こここいつが貸した金を返さないんです〟って、ななな泣きつけばいいだろ」

俺は人にできないことを言うのが好きだ。

それからは金が尽きたら、#お金困ってます　とツイするようになった。メニィヤミ金業者カモン！

金と耳が増えていった。（マネ、マネ、マネー。イア、イア、イアー）

ヤミ金泣き寝入り。（マネ、マネ、マネー。イア、イア、イアー）

奴らにできることと言えば、（マネ、マネ、マネー。イア、イア、イアー）

ネットに俺の免許証《ライセンス》、アップすること。（マネ、マネ、マネー。イア、イア、イアー）ハッハッハッ（笑止笑止）。

食糧困難時代カムズ。でも俺はフリー。本音を吐いていいか。なにかとっても悪いことがしたい。

掲示板チェック。俺たちのような不満分子のサイト。〝●月●日●時、××集合〟

東にスカした絵本芸人あれば行って逆さに吊し縦に裂き、
西にパーティー・ガール搾取するゴシップ・プロモーターあれば肥えた腹肉でバーベキュー。

南に政権の犬あれば袋に詰めて、あーあ川の流れのように。

北にIT社長あればタワマンから引きずり下ろし、女房子どもと血のフェスティバル。まるでライオット、そうさ、ライオット！

戦利品はCartierのサングラス。以来、俺のトレードマーク。

たいしたことねえくせに不当に金稼ぐ奴、許せねえ。

金持ちの家に生まれたら、それだけで人生超リード。

「貧乏をバネに頑張れ」？　そんな戯れ言、本気で信じてるのか。

政治家の家に生まれたら、バカでも大学行けて、海外に留学できて、ウソの学歴重ねて、そいつもまた威張り腐った政治家になる。嫉妬！　ＳＨＩＴ！

金持ちなんて殺していいんだ。

金持ちなんて殺していいんだ。

金持ちなんて殺していいんだ。

ネットは賞賛の声。柄にも無く、世の中の役に立ててちょっとハッピー。

腐遊層狩りはいまや俺の生きがい。

天誅だなんて思わない。そこまで思い上がりない。これは私刑。アイ・ノウ。裁くのは俺だ。

正しいとか、正しくないとか、関係ない。善悪の彼岸に俺は立つ。


〝パンがなければレッドブルを飲めばいいじゃない〟

ツイートしたインフルエンサー謝罪。アカウント閉鎖。

「涙とともに食べログ4点以上の店で食べた者でなければ、金持ちの味はわからない」

グルメなメンタリスト。次はこいつにしようか。と思ってたら。

〝賞味期限切れのペヤング、一個二万〟。ターゲット決まった。出品者《こいつ》も耳を削がないとわからないタイプ。

その日集まったコミュニティー。ここでは俺はＦＵＫＵＳＨＵと呼ばれてる。顔なじみのマイ・

メン。フィスト・バンプ、DAP。俺たちはブラザー。ビーフとは無縁。すでにバイブスびんびん。

群れてんじゃない。個が集まってるだけ。

すぐに出品者をキャッチャー・イン・ザ・ハウス。そいつが手を合わせて頼む。

「あんたたちにも分け前をやるから。立ち入り禁止の波止場の第三倉庫に蜂蜜パン」

怪しい気配に気づくと、俺たちは囲まれていた。ハメられた。

一斉掃射、一網打尽。Who Shot Ya。撃たれた。

ラン・ラン・ラン。俺は逃げた。

ラン・ラン・ラン。いや逃げたんじゃない。

ラン・ラン・ラン。俺はくたばりやしない。

ラン・ラン・ラン。Boris Vianのスピリット。

俺たちのクビに賞金かけられた。ブラザーの中に裏切り者。

命からがら逃げた。暮れなずむ町俺をウエルカム。俺の帰りを待ってた夕ちゃん。あり八時？

じゃ夕焼けじゃない？　WHAT'Sマイケル、お祭りかい？　キャンプファイヤー、わおびっくり。

いかすぅーおや？　こりゃ俺のアパート。
B.I.G.燃えた。
2PAC燃えた。
Lil Peep燃えた。
Juice WRLD燃えた。
呆けた――ままじゃいられない。耳のないヤミ金、俺を見つけてダッシュしてくる。

ラン・ラン・ラン。俺は逃げた。

ラン・ラン・ラン。いや逃げたんじゃない。

ラン・ラン・ラン。俺はくたばりやしない。

ラン・ラン・ラン。Boris Vian のスピリット。

腹が痛い。痛い痛い。うずくまりたい。でも遺体遺体イヤ。

けどもっと痛いのはリリックノート燃えたこと。あー俺の魂。

病院に駆け込むと同時に失神。キンキューシュジュツ。

白い天井。ゆっくりと降ってくる。白い清潔なベッドで目覚める。

この街のナイチンゲール、俺に優しく微笑んでくれる。

点滴に飽きて、宝石のようなお粥。しみる。Shit Meal。

俺の命を救ったドクター。感謝してもしきれない。

その後ろに無表情の男がふたり。黒い手帳をチラリ。テレビドラマで見たことあるヤツ。あっという間に個室は取調室。快復次第、逮捕とのこと。

その夜、ナイチンゲールに別れを告げた。

行く当てもない。財布もない。スマホもない。ノートもない。あるのは俺と死神のサングラス。

これからどこへ行こうか。暗号が解けないSPYのように。

今晩誰かの車が来るまで、闇にくるまってるだけ。

そこに突然の！　地震《アースシエイク》！　立ってらんないほどの地震！

7

開放された御苑に避難した人たち。泥と土に塗れ、みんな怯えて疲れ果ててる。火に追われて焼け焦げた人。川を埋めた溺死体。地獄より地獄的。阿鼻叫喚、A Bee Kill Your Cunt。耳を離れない。離れようがない。

これが現実に起きたことなのか。この目で見てもまだ受け入れられない。膝を抱えて耐える。しかし確実に腹は減る。いっつも思ってた。政府はもちろんGAFA（Google、Apple、Facebook、Amazon）のトップ。どうしてこういうとこに物資を直接BOMB（Bring On the Moving Base）しない？　偽善ぜんぜんいいのに。

炊き出しが来た。まるで幸福の楽団。地獄に仏とはこのこと。列に俺も並ぶ。カレーの匂い。うっとり。待ちきれない。ハリアッ、ハリアッ。あたまがおかしくなりそう。

ホームレスを排除しようとする輩がいたり、やめろと怒鳴ったり。

そんなとき列を襲撃する奴ら。シャベルを振り上げ、寸胴ひったくった。飯炊き釜ごとパクった。ひとでなし、Hit Dead Nothing。

寸胴取り返そうとタックル。地べたに飛び散るカレー。人々がわっと手を伸ばす。巻き添え押し潰される子ども。それでもあさましく貪る大人。俺もその傍で地べたに顔を擦りつけてた。

そのうち風雨に晒され、木の下に集う。そこでもひと悶着。高熱の子どもをどかそうとする輩。

遺体からかすめた金品取り合い。糞尿溢れる便器。あちこちでトラブル。ああ衣食住足りて礼節を知るあれほんと。どんどん心が荒んでく。

深夜早朝かまわず余震。そのたび不安と疑心暗鬼。

「また大きな地震が来るぞ」

「刑務所から囚人が脱走した」

行き場のない感情。負のマグマ、ぐつぐつと。

次の日、炊き出しは来なかった。その次の日も、やはり来なかった。俺は御苑を出た。とはいえ、行く当てはない。メシが食えるとこ探すだけ。

警察が出した二十四時間の戒厳令。その他に、愛国自警団。銃と刀手に、通りを見張ってた。その中にかつてのブラザー見つける。お互いの無事を確認。スマイルでフィスト・バンプ、DAP。奴は言った。

「聞いたか。韓国人が原発を襲撃したらしい」

俺はフリーズ。

「あいつらが左翼と放火して回っているのを見た奴がいる」

「朝鮮人が幼女をレイプしている」

「井戸に毒を流してる」

「連中は国家転覆を企てているそうだ」

「るりるりがツイートしてた」

「院長が署名運動するって」

「殺られる前に殺れ」

正気と思えない。異常心理、暴徒集団の主張。流言に煽られて。疑えば目に鬼を見る。

「なのに朝鮮人の悪事を伝えないテレビは反日」

そして俺にＩＤを出せと迫った。

「めめめ免許証も、パパパパスポートもない」

こういうとき、俺の吃音が同じベース刻む。奴の眼光がギラリ。

「〃五円〃って言ってみろ」

「〃ありがとうございます〃は？」

隙を見て俺はその場を離れた。奴ら追いかけてくる。

ラン・ラン・ラン。俺は逃げた。

ラン・ラン・ラン。いや逃げたんじゃない。

ラン・ラン・ラン。俺はくたばりやしない。

ラン・ラン・ラン。Boris Vianのスピリット。

理性はゆっくりと歩いてくるが偏見は群れて駆け足でやってくる。俺は逃げ切った。

ヒッチハイク、断られ。トラックの荷台に転がり、検問所を奇跡的にスルー。東京脱出。

つくづく思う。日本人、学習しない。歴史書にすべて書かれている。だけど歴史は何も教えてくれない。

俺は誓う。

You Gotta Fight For Your Right To Party。

もし俺が日本で生きるひとりの愛国者として弁えることを知らないと言うのなら、上等だよ、俺はもっとノイズをかき鳴らしてやる。

そして迎えた夜明け。荷台からとぼとぼ。音がしそうなほどとぼとぼ。とぼとぼ。

古い民家見つけた。

そこで意識切れた。

8

「コリアンタウンが燃えています！」

レポーターはヘリコプター上空から興奮状態で伝えていた。その声には悦びが帯びていなかったか。大久保《おおくぼ》全域は紅の大火に包まれている。貴一はテレビを食い入るように見つめていた。

「なんてひどいことを……」

葉子は言葉に詰まる。アイパッチのイツキはタバコの煙を吐く。それはゆらゆらと居間にとけて消えた。

彼らが古民家に居座り続けてずいぶんになる。近隣住民が元の住人を訪ねてきた場合は、親戚ですとしらを切った。

「ねえ、あそこに人が倒れてるよ」

貴一が窓の外を見て指さす。

丸坊主のでっぷりした男が庭の外に横たわっていた。

「ほっとけ」

イツキはすげない。葉子は家の外に飛び出すと、男のもとへ駆け寄った。

9

男はスープをおかわりした。何度も頭を下げて礼を伝えた。

「あなたも東京から？」

男は頷く。歳は四十ぐらいだろうかと葉子は考える。

「東京はいま大変なことになっているみたいね」

男はスプーンを持つ手を止めて、葉子のほうを振り返った。

「じじ、地獄だ、地獄よりも」

貴一が素っ頓狂な声を上げる。

「おじさん、地獄に行ったことがあるの？　ないなら、わからなくない？」

男は貴一のほうを見て、いかつい顔を歪めた。本人的には微笑んだつもりらしい。

「そ、そうだな。ボーズのほうが、たた正しい」

「おじさん名前は」

「おにいさん」

葉子が咎める。

「正憲。ボ、ボーズは」

「久佐葉貴一。ふたりは僕のママたち」

「私は葉子。あっちはイッキ」

正憲は改めて礼を伝えた。

「正憲おじさん、シャワー浴びたら？　臭いよ」

「貴一」

正憲はトレーナーの袖に鼻を近づける。

「お風呂の用意するね」

葉子の勧めに、正憲は小さく頷いた。

正憲が風呂場に行っている間、葉子はイッキに話を持ちかけた。

「男がいないとナメられることが多いじゃない。でもあんな強そうな感じの人がひとりいたら」

イッキはタバコをふかしながら、面白くなさそうな顔をしている。

葉子は言葉を続けない。もうレイプされることも無くなるのではと、続けたい。

イッキが返す。

「どうする」

「何が」

「あの男が、他に男がいないとナメてくる奴だったら。女子どもを殺すのが趣味だったら」

「それはない」

「なぜわかる」

「貴一が〝ふたりは僕のママたち〟って紹介したとき、あの人の顔を見た？　眉を顰めるでもなく、ヘンな顔をするでもなかった。詮索もしなかった」

イッキは黙る。

「あ、安心してくれ。おお俺が殺るのは金持ちだけだ」

頭にバスタオルを被った正憲が戻ってきた。着替えは前の住人のものをあてがった。

「私たち、お金持ちに見えない？」

正憲が白い歯を見せる。とてもチャーミングだと葉子は思った。

「す、少なくとも、嫌な奴じゃない。いいい嫌な奴だったら、こんな心のこもったスープを、つつ作れるわけがない」

「あら、ありがとう」

「も、ももし俺を信用してもらえるなら、こここ今晩宿を与えてくれ。さもなきゃ寝てる間に、殺ってくれ」

正憲はイッキの目を見た。イッキも正憲を見返した。

その夜、正憲は清潔なシーツで、泥のように眠った。

10

翌日、正憲は朝のテーブルで葉子から相談を受けた。

「東京の食糧難から逃れようと、私たちは恵田町に向かっていた。道中、この家にとどまって、そろそろ向かおうと思っていた矢先に、一週間前の地震があった。二〇一一年三月十一日以来の、マグニチュード9・0の大震災が」

「よよ弱り目に、たた祟り目って、むかしの人はよよよく言ったもんだな」

正憲はコーンスープを啜る。

「ここも立っていられないほどだった。一時停電して、Wi-Fiもケータイも通じなくなって。詳しいこと知らない？」

正憲はゆっくり首を振る。

「それどころじゃなくてな」

イツキがやってきて、椅子に腰をかける。

「震源地は××沖だった。津波が起きて、原子炉建屋からプールに残っていた燃料と、汚染水と、およそ百人の作業員が海に流された」

正憲は言葉を失った。イツキが続ける。

「T電力によると、原子力発電所は運転を緊急停止。原子力規制庁はこう発表した。〝××原発の周辺で放射線量を測定しているモニタリングポストの値には変化なし。作業員の行方は依然捜索中。燃料が海に漏れたが、直ちに人体に影響はない〟」

テーブルは沈黙に支配された。

「神だか仏だか知らないが、恵田町にどんな恨みがあるんだか。ようやく風評被害を聞かなくなったと思ったらこれだよ。一度目は悲劇として。二度目は喜劇として」

イツキは偽悪ぶる笑みを浮かべる。葉子は下を向く。

「だから迷っているの。食糧がなく、外国人狩りが横行している東京に戻るか。それとも、二度目の天災に遭ったばかりの恵田町に向かうべきか」

答えは出ているような気がしたが、正憲は黙っていた。イッキが思い出したように言う。

「姉からメールがあった。こちらの事情を説明した。そっちに行っていいか、訊いた」

葉子が顔を上げる。

「お姉さん、何て」

「〝歓迎する〟」

「本当に？　お姉さんは役所の偉い人なんでしょう。こんな大変なときに私たちがのこのこ行って、迷惑が掛からない？」

「さあね、何か魂胆があるんじゃないか」

「どういうこと」

イッキは天を仰ぐ。話をはぐらかしたいとき、こういう態度を取るクセがある。

「わたしとあいつにしかわからないことがある」

イッキの隻眼が鈍い光を放つのを、葉子は見逃さなかった。

葉子はそれ以上訊ねるのをやめた。イッキの中で結論が出ているのだ。

正憲はコーンスープに目を落とす。スープはとっくに冷えていた。

11

ありったけの食糧を積み、ワゴンは北上した。助手席には正憲が座っている。

見上げれば四本足の森の雲。カウボーイの天使が乗っているように、貴一には見えた。

KEY1@mystrongmom
強力な助っ人が加わった！　久し振りに旅再開🚘

「普通に行けば、数時間で恵田町に着く」

普通でないことがすぐに起きた。カーナビに従ってイッキは車を走らせていたが、ナビにあるはずの湖がなかった。

「まさか」

イッキは運転席から降りて、かつて湖があった場所を見下ろした。葉子と子どもたちが続く。見渡す限り、水涸れした湖底が広がっていた。言葉を喪失させるほど無惨な光景だった。イッキは干上がった湖底に下りる。子どもの頃、双子の姉と何度も訪れたことがある。無邪気に服のまま泳いだ。湖でかくれんぼをした。イッキは潜水して身を隠した。地上だけでなく水中でも逃げ果せるのが得意だった。ふたりは仲が良かった。しかし美しい湖は思い出ごと消失していた。

他の者もイッキに続く。

「何にも無くなっちゃったの？」

貴一を、葉子が胸元に引き寄せる。

たまに黒い点を見つける。干涸らびた魚だった。とても食べられる代物ではない。

むかしニュースで見た、遠い外国の干ばつの映像。それを目の当たりにした。

イツキは干涸らびた魚を踏み潰し、ワゴンに乗り込んだ。他の者もあとに続いた。

車の中で葉子は訊ねる。

「恵田町に行ったところで、何とかなると思う？」

イツキは少し間を置いてから答えた。

「かといって引き返すこともできない。もはや自然は人類の思惑を超越している」

車内は重苦しい空気に包まれる。窓ガラスを叩く音が静寂を破る。

「雨」

貴一がぽつりと呟く。いつもなら車中ではスマホ漬けだが、やる気が起こらなかった。

「これで湖も元に戻るかな」

「そうなるといいね」

葉子の口元に辛うじて笑みが戻る。

鉛色の空は間もなく雷鳴を轟かせた。

ワイパーでは間に合わないほどの激しい雨が降り注ぐ。一メートル先が見えない。イツキは車を停める。

「さっきまで晴れていたのに」

「ゲリラ豪雨だろう。すぐにやむ」

土砂降りは治まる気配を見せない。イツキは辛抱できず運転を再開した。山道が泥濘み出す。アクセルをふかしてもタイヤが空回りする。

「どういうことだ、チクショー！」

イツキが腹立ちまぎれにハンドルを叩く。クラクションが虚しく響く。

「やめて」

葉子が叫んだと同時に、みんなが何かを感じ取った。

「え」

正憲がルーフを見上げる。

「沈んでる！」

イツキが窓を開けて道を見る。山道が陥没して、タイヤが半分まで沈んでいる。さらに下降しようとしていた。

「降りろ！」

降りしきる雨の中、彼らは車から降りた。が、泥濘に足は膝まで埋まった。力を入れて足をひき抜き、一歩踏み出すたびにズブズブと、遂には腰の高さまで泥は迫ってきた。

石畳の道は目測五メートル先。そこにたどり着く前に、首まで沼に沈みかねない。

「貴一っ！」

つんのめった彼を助けようと、葉子はあらん限りに手を伸ばした。

正憲が貴一を抱えて、のしのしと石畳の道に到着した。

「ありがとう！　ありがとう！」

葉子はわが子を抱きしめる。正憲が首を振る。

「おおお、俺が来てから災難に巻き込まれてないか」

「まさか。あなたのせいじゃない」

「とんだ疫病神だな」

「イッキ！」

イッキが正憲を睨み付ける。立ち上がったと同時に雷が光った。

四人は雨風を凌げる場所を探し求めた。

三十分後、雨はぴたっとやみ、日が差した。

大樹の陰から太陽が激しく照り付ける。イッキが呆れる。

「さっきまでの豪雨は何だったんだ」

ワゴンは車体の半分まで埋まっている。車は捨てていくしかない。慎重に荷物を下ろして、一行は再び北を目指した。大きなバッグは正憲が担いだ。

それからただ歩いた。貴一が足手纏いになるまで時間は掛からなかった。

雨に濡れたせいで体力を奪われた。

「もう少しの辛抱よ。がんばりましょう」

貴一はスマホを取り出して動画を見ようとしたがWi-Fiが繋がらなかった。ツイッターで愚痴りたかった。さっきまたくだらないリプがあった。ブロックする前に言い返してやろうと考えていた。

「あとどれぐらい」

「歩いても、三十時間程度」

「いやだ！」

貴一は駄々をこねる。イッキが叱咤する。

「それでも男か」

「ママは男っぽくてよかったね！」

「皮肉ならもっと上手いことを言え」

「やめて！」

「僕が陰でどんなことを言われているか、知らないくせに。知ろうともしないくせに！」

葉子が貴一の小さな体を抱きしめる。彼の頬から涙が溢れる。

イッキは先に歩き出した。離れまいと、一同は後に続いた。貴一の手を曳きながら、葉子が頭を下げる。

「見苦しいところを見せてごめんなさい」

正憲は答えずに、黙々と歩いた。

12

一行はだだっ広い野原に出た。伸び放題で荒れた芝と丘陸がどこまでも続いている。もともとピクニックのコースとして親しまれたエリアだった。しかし彼らにタコの形を模したウインナーが入ったバスケットの持ち合わせはなかった。目に痛いほどの緑の丘が寒々しいものとして映る。

「いやだいやだいやだ」

貴一が零す。言うや、正憲と目が合う。途端に自分の子供っぽさを感じて下を向く。知り合ったばかりだし、コワモテだし、怒られるのではないかと思ったが、そんなことはしなかった。さっきもそうだった。何か話しかけてくるかと思いきや、無口なことのほうが多い。吃音だからだろうかと貴一は思う。渋々足を進めながら、貴一のほうから話しかけてみた。

「正憲おじさんは、自分の故郷に帰らないの」

「お俺は、島を捨てて、ここ航空自衛隊に入った、うう裏切り者だ。どどどこにも帰る場所など、なななない」

「島って」

「沖縄だ」

沖縄基地に駐留していた米軍は東アジアで大きな暴動がある度出動し、鎮圧に回っていた。ホワイトハウスはそれに乗じてそれぞれの国のトップを手懐け、傀儡政権を目論んだ。死の商人が間に入り、武器を高く売りつけ、マージンを頂いた。大学に進学するため軍に入った貧困層《ホワイトプア》は、山ほどの死体に精神を病み、沖縄に戻って幼女を甚振り、殺害した。そうしてアメリカに戻り、教会に縋り付き、万事許してもらい、良き家庭人になった。それがＮｅｔｆｌｉｘで映画化されてアカデミー賞に輝き、世界中が泣いた。悪意とアートのサイクルだと正憲は思った。

「沖縄っていいとこ?」

「知らん」

「沖縄って、何があるの?」

「なな何もない」

「海は?　綺麗なんでしょ」

「ない」

「基地もあるんでしょう」

正憲は黙っていた。

貴一は訊くのをやめた。子どもなりに事情を察した。

「あれ」

葉子が目線で指す。小山の向こうで点の塊が動いている。やがてそのドットの連なりが人間だとわかった。十人ぐらいだろうか。だんだん近づいてくる。緊張を強いられる。あちらも同じだろうが、こちらのほうが人数が少ない分、不安に駆られる。

「ひい、ふう、みぃ……」

貴一が向こうの人数を数える。全員で十五人だった。どこから歩いてきたのか、誰も彼もくたびれ果てた顔をしていた。乳飲み子を抱えた女、外国人、子ども連れ、金色のドレスの男。他にもやたらと目立つ身なりの者たち。まるで仮装行列だ。五十歳ぐらいの粗暴な顔つきの男が列の後尾に付いている。カウボーイハットに眠たげな目。この男だけが荷物を担いでいない。ただし、左手にライフル銃を携えていた。

イツキは考える。あの男は血の気が多そうだ。彼女は自分の洞察力が間違っていたことがないと思っている。

ふたつのパーティーはその間五メートルまで接近した。最初に声をかけたのは、葉子だった。

「こんにちは」

足を止めて挨拶する。男もまた足を止めて、顎をしゃくった。

「どちらから？」

男はブーツの踵についた土を落としながら、ぶっきらぼうに答えた。

「那須塩原《なすしおばら》」

ここから四十キロほどだ。

「そこも食糧難に？」

男は曖昧に答える。イッキは瞬時に見抜いた。この男は地元で問題を起こし、逃げてきたのだと。

「これからどこへ」

イッキの問いかけに、男は、キメテネと、掠れた声で返す。「決めてない」とわかるまで、少し時間を要した。

「みなさんもご一緒？」

葉子が男の列に訊ねる。ひとりだけ、アニメのキャラクターなのか、コスプレの女性がいた。五十歳ぐらいだろうか。ウィッグなのか、黒より黒いロングヘアーにカチューシャを飾り、グレーと白を基調とした制服とプリーツスカートで、胸元のリボンタイが強調されている。言うまでもないが浮いていた。

「みんな、別々だったんです。少ない人数で動くと危ないので、だんだん増えていった感じで」

コスプレの女性、みけは、話しながら怯えていた。カウボーイハットの男に気を遣っているのがわかった。男は逃亡しながら、半ば強引に人手を増やしていったのだろう。

「女が出しゃばるな」

カウボーイが、みけを一喝する。黄色い前歯が目立った。

イッキが目を剝く。彼女の前では禁断のフレーズが出たからだ。

葉子は察する。

「行きましょう」

面倒臭いことに巻き込まれたくなかった。しかし葉子がいくらイッキの肩を押しても、彼女は動こうとしなかった。

「待ちな」

カウボーイが銃口を向けた。

「荷物を置いてけ」

イッキは眉ひとつ動かさずに答えた。

「おっさん」

「聞こえなかったか？　荷物は置いてけ」

「目は付いてるのか？　わたしも銃を持っている」

イッキは左手のショットガンを構えようとしなかった。

「銃を捨てろ。撃つぞ」

カウボーイが恫喝する。イッキは無表情のままだ。

銃声が鳴った。

カウボーイの死角から、正憲が撃った。イッキに視線を引きつけておいて不意打ちを食らわす。一行と遭遇する前に、打ち合わせをしたことが功を奏した。

「卑怯者……」

大の字に倒れたカウボーイが血を吐く。ライフルが手から零れた。途端に一団がわっと群がり、カウボーイを襲った。

「ざまあみろ！」

「死ね！　死ね！　死ね！」

「私のコスプレを嗤いやがって！」

男も女も口々に罵りながら蹴りつける。ここまで何があったか、見えてくるものがあった。

「よくぞ助けて下さった」

連中はイッキと正憲に礼を伝える。イッキはカウボーイハットを拾って被る。

「わたしたちはこれから恵田町に向かう。来た方向に戻るのが嫌な者もいるだろう。強制はしない。それぞれの目的地まで行動を共にしたらいい」

時節柄、行く当てもない単独行動は自殺行為に等しい。彼らはリーダーをイッキに乗り換えた。

「それでは向かおう」

野原にぽつんと男の死体が残された。あとは野生動物が綺麗に片付けるだろう。

13

「そんなにさっきの男が怖かったか。みんなで襲いかかれば、何とかなるかもしれないとは思わなかったのか」

イッキは歩きながら、背の高い、浅黒い肌の男に訊ねた。体は骨張っている。男が首を振る。

「ガン、モッテタ」

「どこから来た」

「ベトナム。ゴネンマエカラ、ジャパン」

「帰らないのか」

イツキは訊いておきながら、この質問が適切ではなかったと悔いた。ベトナムも日本に負けず劣らず過酷な状況に追い込まれている。ベトナム人のトランは首を振った。

「カエッタトコロデ……」

彼の目の下が深く窪んで見えた。


「こんにちは。僕は久佐葉貴一」

同じぐらいの年頃の少女に話しかける。しかし少女は目を合わそうとしない。貴一は聞こえなかったのかと思い、もう一度挨拶する。

「この子は照れ屋なんだ」

父親らしき男が代わりに答えた。「これ以上声をかけるな」と、男は遠回しで言ったつもりだった。

「おじさん、なんて言うの」

「芹沢《せりざわ》」

答えながら目を合わそうとしなかった。片目をぴりぴりと震わせながら、神経質な臭いを漂わせていた。これ以上こっちの領域に入り込んでくるなよと、ぷんぷん匂わせている。ああ、こういう大人いるよなと貴一は思う。貴一が距離を取ろうとした矢先、芹沢が続けた。

「体格のいい男と、眼帯をした女が、お父さんとお母さんか?」

「違うよ。うちはママがふたり」

「ママがふたり？」

「そうだよ」

芹沢は怪訝な顔を隠そうとしなかった。ほらな、思った通りだよと貴一は思った。少女は下を向いたままだ。そばにいる母親らしき女性も口を開こうとしない。この人たちはまだ解放されていないと貴一は感じた。芹沢の娘に話しかける。

「何年生？」

途端に芹沢が牙を剝いた。

「この子に話しかけるな」

貴一の歩みが止まった。芹沢は振り返ると一瞥をくれる。それは侮蔑に満ちていた。

「ごめんなさいね。あの人はいつもああなの」

芹沢の妻が腰を落として謝った。影の薄い女の、か細い声だった。

貴一の視界が怒りと悔しさに染まる。学校でいつも同じような目に遭ってきた。学校が無くなった後も同じような目に遭っている。いつだってこの惨めさに慣れない。どうして世界の秩序は崩壊したのに、あらゆる固定観念はそのままなのだろう。握りしめた拳から血が溢れそうだった。

彼の肩に手を置く者がいる。正憲だった。一から十まで見ていた。彼は貴一を見つめる。その目には〝懲らしめてやろうか？〟と書かれている。

正憲が貴一ぐらいの歳の頃、やはり孤独だった。大人が必要だったがいなかった。彼は歳を取り、自分が必要とした大人になっていた。貴一は彼の目を見ずに首を横に振る。番犬を増やすつもりはなかった。しかし強者に頼りたくなる自分の弱さと狡猾さがない交ぜになり、もっとつらくなった。

貴一はもう一度、頑なに首を振った。


「このまままっすぐ。五キロほど進んだらいったん休んだほうがいいわ。幸運の森《ラフォーレ》があるから。そこで鋭気を養うと運気が上がる」

太った男が金ピカのドレスの裾を引き摺りながら、鼻にかかった裏声で葉子に伝える。

「そうなんですか」

葉子は適当な相づちを打つ。

「さっきの男に東に進むよう言ったのはワタシ。あの男にとってきょうは東が大凶だった。予定通り、あんたたちと出会って殺された」

「そうなんですか」

葉子は同じ台詞を繰り返した。

「ワタシはね、こういう人」

肉と肉の合間に隠し持っていたのか、太った男の長い睫毛に見蕩れる。唇にリップがたっぷりと塗られていた。名刺をさっと差し出してくる。

〝占星術&風水研究家　ノートリアス・アキコ〟

「占いですか」

反射的に葉子は返していた。ノートリアス・アキコはちょっと胸を張って語り出した。

「違うわよ。占星術と風水を独自にクロスオーバーした、ハイブリッドな方術なの。古代中国からの思想で気の流れを制御して、同時に天体の現象に基づいて人間の運命を導き出す、コングロマリットなフォーチュン・テリングと考えて。みんなにより良いライフサポートと、ナラティブを提供してる」

それって占いとどう違うのか。しかも胡散臭くないか。葉子は喉まで出かかった。あとでノートリアス・アキコと検索したところ、複数の顧客と金銭トラブルになっているネット記事を見つけた。

「あんたお名前は。生年月日は」

葉子は答える。サバを読もうかと思ったが正直に答えた。ノートリアス・アキコはふむふむとどこからかペンとメモを取り出し、何か書き留めていた。

「何かわかりましたか」

イヤだなと思いながら、やっぱり気になる。

「きょうのラッキーアイテムは紫のアクセサリー。ワタシがデザインしたの、持つといいわ」

葉子はノートリアス・アキコに無理矢理手を握られた。手のひらには、ちゃちなペンダントがあった。ひとむかし前の雑誌の付録みたいだ。これをいくらで信者に売り飛ばしていたのだろう。

「これであんたはきょう一日、何があっても生き残る。ワタシが保証するから」

ノートリアス・アキコは話し続ける。葉子は耳を傾けない。ノートリアス・アキコが見ていないうちに、野原にそっとペンダントを捨てた。

「急いだほうがいいわ。ＰＢＨが追いかけてくる。さっきはカウボーイが銃で追い払ったけど、今度は大人数でやってくるはず」

葉子は聞いていなかった。先頭のイッキを呼び止めた。

「ひとりで先に行かないで。赤ん坊を連れた人もいるのよ」

イツキは足を止めて、鼻から息を漏らした。不服な表情で、付いてきた人たちが横を過ぎていくのを待った。

芹沢の妻が声をかけた。

「あの子、お子さんですよね。とても可愛い」

イツキはつまらなそうな顔で呟いた。

「本当の子じゃない」

芹沢の妻の足が止まる。イツキは振り払うように足を進める。

葉子はそのやりとりを見ていた。

14

分娩室の前で、イツキは落ち着かない様子で、何度も通路を行ったり戻ったりした。

数時間前まで泊まり込みで山に籠もり、狩りをしていた。

人喰い熊との闘いがようやく決着した。

冬眠を控えた熊は胃袋に溜め込むものを求めて、一週間に三人の村人を襲った。発見された首のない遺体の身元は、地元猟友会の中でも腕利きで知られていた。イツキを含めた援軍が三日三晩の捜索の果てに見たものは、三百キロ超の巨大熊だった。この道二十年のベテラン猟師がウィンチェスターM70の銃弾を肩に撃ち込んだが、次の瞬間、突進してきた熊の巨体をまともに喰らい、弾け飛んだ。

　的は大きいが急所は小さい。行動を共にしていた他のふたりも銃を構える前に、鉤形の手爪に顔面と喉元を抉られてあっけなく絶命した。十メートルの距離を取っていた別グループは敵わないと見るや踵を返したが、とうに間に合わなかった。背中を向けたときには腹から手爪が突き出していた。一瞬で骨と臓器が粉砕され、苦しむ間もなく血の海に沈んだ。他の者も似たような死を享受した。

　気が付いたら倒されていた若者が手元の銃を捜したが見つからず、それより先に熊と目があった。怖いよりもっと、獣の臭気が凄まじかった。熊が威嚇のために立ち上がる。優に三メートル。地上の王のような威厳と風格があった。襲いかかってくる直前、若者は熊がよろめくのを見た。遅れて銃声がやってきた。熊はめまいの理由がわからなかった。頸部を貫く激痛を与えたのは、足下で失禁している若造ではない。畜生の脳でもそれはわかった。二発目が頭部に命中した。熊は懸命に堪えた。太い右足で踏み留まり、引力に引っ張られる背中を逞しい胸筋で戻したが、左足の痙攣が止まなかった。まるで痛みのダンスのようだった。つんのめって、巨体を支える手も出ないまま横倒しになった。熊は見た。逆光の中、木の上に乗っている人間から硝煙が立ち上るのを。熊は我を取り戻したように、四つ足で木まで全力で駆け寄った。野性の衝動だった。

　――ただではおかない――

　熊は見えざる敵を無惨に引き千切ることを想像した。標的の木にたどり着き、爪を立て、攀じ登った。人間の足下まで伸ばした手が届く刹那、口元に挿し込まれた銃筒の先端が火を吹いた。脳漿が後方に吹き飛んだ。

イッキは木から飛び降りる。血塗れの脳漿を踏んで、お気に入りのトレッキングシューズが汚れた。

彼女の作戦は功を奏した。誰にも相談しなかった。「木に登っても熊が追いかけてくる」というのが定説だからだ。

「男にゃ思いつかん。女ならではの発想だな」

男は褒め言葉のつもりだったが、イッキの鉄拳に悶絶した。

鼻歌交じりに手柄の熊の手を携え下山した。ようやく繋がったスマホには、病院からの留守電が入っていた。「母子ともに危険です」と。

分娩室から出てきた医師の手術衣にはべったりと大量の返り血が付いていた。

「御親族の方ですか」

イッキは、頷かなかった。

「残念ながらお腹の子は亡くなりました。母親のほうは全力で一命を取り留めたいと思いますが、お約束できません」

寝ていなかったことや、熊を射殺した興奮があった。そこに子どもの死産が重なった。イッキは医師の胸ぐらを掴み、文字通り逆上した。馬乗りになって、何度も拳を打ち下ろした。

結果、死にそうな葉子の隣で、死にそうな医師が枕を並べた。

15

「お母さん驚いた。あなたは子どもなんか産まないと思ってた」

ホテルの喫茶室。五年ぶりに会った母親は、開口一番そう言った。

イツキには内緒にしていた。妊娠を報告したいなどと伝えたら、メールで十分だろうと言われるに違いない。イツキと私、本来なら生き方も考え方も異なるふたりを結ぶ、数少ない共通項は、母親が嫌いなことだった。いや、到底そんな言葉では追いつかない。私もイツキも、子どもの頃から日記や手紙を盗み読まれ、電話を立ち聞きされてきた。

「あなたが女とデキているって聞いたとき、お母さんはあなたの気が狂ったと思った。だけど少しはまともに戻ったみたいね」

母親は大仰にため息をついた。それがまた私のこころの湖に波紋を広げた。

私と暮らしている女性に、ルームメイト以上の意味があると知ったときの母の反応は、予想通りのものだった。

「あなた、騙されているのよ。目を覚まして」

「だっておかしいでしょ。常識から考えても」

「子どもの頃はいい娘だったのに」

悲嘆に暮れる表情は、その後もしばしば夢に出てきた。

それなのに、どうしてこの人に報告しようと考えたのだろう。「私もお母さんと同じ、女なのよ」と訴えたかったのか。それだけじゃない。罪悪感だ。育ててもらった恩を忘れてはいけないと、私は自分に呪いをかけていた。

これまで、「この人ならわかってもらえる」と思えるような友人に、「母親が嫌いだ」と打ち明けてみた。

「子どもの頃から過干渉で、いまだに服が送られてくる？　世話好きなのね。ネグレクトよりマシなんじゃない？　家を出ると言ったときは散々泣かれた？　羨ましい。ウチなんか万歳三唱されたわ」

無理解は男のほうが殊更だった。

「毎日電話が掛かってきて、きょう一日何があったか報告させられる？　大事に思われてるうちが花だよ。俺なんかおふくろもう死んじゃったからさ。贅沢な話だな。ありがたく思ったほうがいいんじゃない」

メンタルクリニックでも同様のことを言われた。これまでの苦しみをやっとの思いで吐露した後、医師は無機質な目でこう告げた。

「それでも世界でたったひとりのお母さんですから。ありのままのお母さんを受け入れることが唯一の解決策でしょう」

理解してくれたのはイッキだけだった。あのときは、無人島でようやく人と会えたような、深い安堵に包まれた。

「きみは悪くない」

そう言われて、彼女の胸でわんわん泣いた。

いま、目の前の女は、女の先輩として、ここぞとばかりレクチャーをしてくる。「普通の女」を放棄したと思っていた娘が母になると聞いて、心を入れ替えたと思っているのだ。

「悪阻はどう？　どんなにつらくても、お腹の子のためだと思うようにするの。お腹を痛めた分だけ、強い母親になれる。子どもを愛することができる。楽をしちゃダメ。私もそうしてきた」

私は椅子に座りながら、立ちくらみに近いものを感じた。

父親は誰なのか訊いてこなかった。「精子バンクから提供されたものだ」というフレーズを用意して、言う練習さえしてきたのに、母にとってそれは重要ではないらしい。定年退職と同時に長年の愛人と暮らし始めた父をどう思っているのか。こちらも訊ねてみたかった。

母親の講釈は続いた。顔つきがキツくなったから男の子ね。絶対に母乳で育てろなどなど。

私はぼんやりしながら考える。そもそもどうして子どもが欲しいと思ったのだろう。子どもを産まなければいけないという強迫観念をずっと抱き続けてきたせいだろうか。「女性が子どもを産まなかったら、世界が同性愛者だけになったら、私たち人類は滅んでしまう」と、小学生のとき、男性教師が声高に主張したことをいまだに覚えている。

母はカップを持ち上げて紅茶を啜った後、こう言い放った。

「ようやくあなたも人並みになれるのね」

勝ち誇った表情が、私の瞼に焼き付いている。

個室のベッドで目を覚ます。魘されていた。イツキがそばにいた。

「大丈夫か」

汗びっしょりのまま、私はいちばんに謝った。

「ごめんなさい」

なぜ謝罪しなければいけないのか自分でもわからない。口をついて出ていた。

「謝ることはない」

私が体を起こすと、さっと寄り添ってくれる。こういう何気ない気遣いは、それまで付き合ってきた男になかった。

「わたしは前から言ってきたはずだ。無理して親になることはない」

「………」

「わたしは、葉子さえいればいい」

イツキは私を腕の中に引き寄せる。本当ならここで泣くべきだろう。可愛げのある女なら。しかしこの人は本心から言っているのだろうかと考えてしまう。

軽い始まりから七年。親の反対を押し切って一緒になった。友達と疎遠になり、世界にたったふたり取り残されたような気がした。

ひとつの戸籍に入れないふたり。紙切れ一枚のことだと人は言うかもしれない。けれども私と同じ立場になったら、紙切れの重さがわかるはずだ。それだけではない。ヘテロでないと、この国は生きにくい。この人もこれまで生きてきてつらかったことが多々あるはずなのに、弱みを見せようとしない。一度でいいから「愛している」と言ってほしい。愛の言葉を伝えることも、弱みだと思っているのか。

イツキは感情を爆発させたことがない。これまで付き合ってきた幼稚な男と違って大人だなと思っていたが、寂しく感じるときもある。我ながら、ないものねだりと知りつつ。

「あんたさえいればいい」

イツキは繰り返す。自分に言い聞かせているのか。その言葉を信じていいのか。信じたふりをできない私は、可愛くない女だ。

「ありがとう」

私は泣いたふりをする。本当に泣けてくるから不思議だと思う。こんなとき、私は自分を女だと思える。

16

一行は森の入り口に立った。イツキはスマホのＧｏｏｇｌｅマップをチェックする。

「ここまで荘厳な密林ではなかった」

目の前にあるのは、異常繁殖したジャングルのようだった。迂闊に足を踏み入れたら出てこられるとは思えない。葉子が言う。

「遠回りしたほうがいいんじゃない。赤ん坊を連れている人もいるし」

心細い表情で赤ん坊を抱く母親が俯いている。

「まっすぐ突き進めば七百メートルほど。抜ければ後は車道に続いている。そこはもう恵田町だ」

「進むべきよ」

ノートリアス・アキコが自信満々に言う。

「危険なことはわかっている。しかしこの中に入ってしまえば、さすがにPBHも追いかけてきやしまい」

意固地なイツキがアキコの意見に耳を傾けている。それはアキコの意見が正しい／正しくないではなく、彼（彼女）の独特な性差のせいだと葉子は喝破していた。

「さっきからあんたが口にしている、PBHってのは何だ」

イツキが訊ねる。芹沢が横から口を挟んだ。

「バイカーの暴力集団がそう名乗っていた。三人やってきて、金目のモノを奪おうとした。そのうちふたりを、さっきあんたらが殺したカウボーイハットの男が撃ち殺した。ひとりが血相を変えて逃げた。絶対お返しをしてやると吐き捨てて去ったのが二時間ほど前」

赤子を抱く女が嘆息して続ける。

「いまの世の中は、あんな無法者がいっぱいです」

騒擾に乗じて、日本の各地で無数のサークルが狼煙を上げていた。二十世紀から公安に目を付けられていた極左団体は本格的に反政府組織の結成を表明し、革命を宣言した。東京から離れたローカルな地方ほど、鬱屈した無職の中年がひと旗揚げようと、「維新」を掲げて独立国を名乗った。その数は大小含めて百以上に及び、日本は「建国」ブームに沸いた。ゲリラ軍、反政府軍を標榜する組織も多い。殺戮と掠奪を目的とする組織であることに違いはなかった。文明社会の崩壊により覚醒した者は多かった。彼らは生きている実感を追い求め、自らを縛り付けてきた腕時計を捨てた。

国家樹立を表明した者たちは憲法を作った。概ね「暴力肯定」「欲望実行」「税金は払わない」の三箇条だった。Twitchを立ち上げ、自分たちと似たグループにケンカを売り、女たちを犯し、男たちを皆殺しにする映像でチャンネル登録者数を荒稼ぎした。

その中でも、ＰＢＨは北関東を中心に勢力を伸ばしているバイカー集団だ。競合する暴走族を蹴散らし、吸収し、地元の大手暴力団を壊滅に追い込み、名を揚げていった。リーダーのジム（見た目は明らかに日本人だ）が、メチャクチャな髪を風に靡かせながら、夕日をバックに語る。

「古い世代の奴らは金で何でも買い漁った。

だけどオレたちは自然の掟の中で生きる獣の世代さ」

革ジャンの連中がたき火を取り囲む。『イージー・ライダー』に出てくるようなチョッパーバイク。一九七五年型の真っ黒いポンティアック。火を噴くエンジン。スケベな顔の女たち。武装化した集団がショットガンを空に放つ。そこに文字が大きく映し出される。

〝世界でいちばん新しい国、ＰＵＮＫＹ　ＢＡＤ　ＨＩＰ〟

〝オレたちの国境は地平線〟

〝この惑星《ほし》最後の美しき自由な魂〟

メンバーによるClubhouseも人気を博した。ＰＢＨのイメージ戦略は成功した。彼らに憧れ、仲間入りを希望する者が続出した。一流の大学を卒業しておきながらつまらない仕事で過労死するぐらいなら、自由を錦の御旗に戦って死んだほうがましだ。ロシアンルーレットの入団テストを勝ち抜いた者たちで、ＰＢＨは百五十人の大所帯に膨れ上がった。

イツキが引き連れた一団は、彼らに目を付けられた。

「やれやれ。そんな重要なことを黙っていたのか。おまえさんたちは烏合の衆どころか、疫病神の集まりだな」

イツキは露骨に舌打ちする。

「お願いです。見捨てないで下さい」

「元はといえばあんたがあの男を殺したんだ。責任を取ってくれ」

イツキはカウボーイハットのツバの部分を指で持ち上げる。

「カウボーイのところに戻ったらどうだ。嫌とは言わないはずだ」

「そんな……」

赤子を抱いた母親が悲嘆する。葉子が睨め付ける。

「イツキ、酷薄すぎる」

「あんたがカウボーイのもとに、そのハットを返しに行くのはどうだ」

一同が振り返る。声の主は正憲だった。

イツキの瞳孔が一点に絞られていく。

「あんたとはここでお別れのようだな」

「イツキ！　正憲さんもやめて」

ふたりは睨み合う。あとは銃に指先が掛かるのを待つだけだった。

「見て！」

貴一が叫ぶ。

視線の先に他の者たちも続く。遠い向こうから何かが見える。バイクとトラック。砂塵を巻き上げながら大軍がこちらに向かってきている。

「ＰＢＨだ！」

「報復しに来た……！」

ノートリアス・アキコが大声を張り上げる。

「きょうは特別に、フリーで鑑定してあげる」

地べたにホロスコープを広げた。タロットカードを広げて、水晶にかざしていく。

「何のつもりだ」

「静かに」

すると一枚のカードが浮いた。〝運命の輪〟だった。ノートリアス・アキコはナイフでそのカードを突き刺し、頭上に掲げる。

「ピンチのときこそチャンス。大きな変化が訪れようとしている！」

「どういうことだ」

「ジャングルの中に進むべきよ」

イツキと正憲を除けば、皆の顔に迷いが浮かんでいた。

ノートリアス・アキコがきっぱりと言い放つ。

「それしかワタシたちが生き残る道はない」

ほどなくして彼らは地獄以上のものを体験することになった。

第二部 裁きの森

17

ここは本当に××県なのか。ジャングルの中は枯れ葉の臭いが充満している。じめじめとした湿地帯で、道らしい道はない。人の手で掻き分けられた自然しか知らない者には出口の見えない異世界だった。一団はすぐに足の踏み場がないことを知り、沼地と蔦に足下を搦め捕られた。ダダダダダダッと銃声が轟く。空気を切り裂く音に身を低くした。ヘルメットも防弾チョッキも平和もない。息を潜めて木陰から木陰へと走る。悲鳴とともに誰かが倒れる。振り返ることはしない。まとまって直線に逃げれば撃たれやすいと悟り、彼らは点でバラバラに逃げた。青空を見上げる暇も惜しかった。なのに誰の眼前にも太陽が照り付けていた。

芹沢が妻と娘を怒鳴り付ける。

「急げっ、早くしろ」

妻は息を切らす。彼女はＰＢＨより夫のほうが怖かった。

「誰のおかげでメシが食えると思っているんだ」

芹沢は昭和のドラマにあった旧い父親像を一身に引き受けているかのように振る舞ってきた。役所の係長として部下をネチネチとイジメ上げ、同時にモンスター・ペアレントとして獅子奮迅の働きを見せた。有名幼稚園で娘が姫役に就かないことを教諭の怠慢と抗議し、休職に追い込むこともこの男には朝飯前だった。多くの映画で悪人は生まれたときは善人だ。それが家庭の不幸などの後天的な理由により悪人になる。不幸な過去を提示された観客は悪人に同情を寄せる。

しかし芹沢の破綻した人格は資質だった。小学生のときのあだ名は「セコ沢」。彼は彼の生来の人生哲学を遂行してきた。少数の友人（彼のほうは一時期そう思っていた）は彼の粘着質に根負けして距離を取り、それがまた彼の固陋な信条をより強固なものにした。3・11のときも「日本は終わりだ」と慌てふためき、慎重論を説く妻を罵倒して首に縄を付けるように飛行機に乗せた。すったもんだの挙げ句帰京してからしばらく、妻は妊娠し、出産した。芹沢の妻は「日本の家庭像」を継承した嫁だった。彼女は「傲慢な父と耐える母」を見て育ち、自分の家庭で同じようになぞった。「学もないし、稼げない」から発生する諦念。それだけの理由で芹沢の籍に入った。芹沢もまた美貌や家柄や性格やその他のスペックで生涯の伴侶を選ぶことなど愚者の遣り口と信じていたきらいさえある。

「のろま、グズっ。足手纏い！」

ちくしょおーちくしょおーこのままじゃ済まないからなと捨て台詞を残して芹沢は先を急いだ。妻子は置いて行かれることに内心安堵した。芹沢は突拍子もない行動に出ることが多い。上司を殴ってクビになった後、多動症と診断が下された。飲食店でいつも通り妻子を詰っていたら隣のテーブルのヤンキーがキレた。

「おっさん、いいかげんにしろよ！」

芹沢はＤＶ夫にありがちな内弁慶ではなかった。一度は軽く頭を下げてみせ、ヤンキーがトイレに行くところを狙ってビール瓶で頭をかち割った。妻子と全速力で逃げた後、芹沢は見せたことがないような爽やかな笑顔を見せた。

「おまえたちにはあそこまでやらない」

いかにも自分は慈悲深いのだと言わんばかりの表情を浮かべた。小学生の娘はこっそり失禁した。漏らしたと言えばまた手のひらが飛んでくる。そして今、娘は幼い目で見送る。自分の父親の背中が遠ざかっていく。これでとばっちりが来ないと安堵する。

18

コスプレの女性、みけははあはあと息も絶え絶えだ。心の中で祈る。お願い、ほむほむ。私を助けて。力を貸して。ハンドメイドのソウルジェムを握りしめながら、自らの半生を振り返る。

私はどこにでもいる普通の地雷系女子だった。ありふれた短大を出て、誰でもできる短期バイトを転々とし、顔のない男との出会いと別れを繰り返して一度も結婚せず子どももなく、キャリアも金もないまま馬齢を重ねた。なんにもない。まったくなんにもない。いいえ大丈夫。社不でコミュ障の私だって生きていっていいんだ。生きてるだけで丸もうけって言うじゃない。自分の好きなことを楽しんで生きていけばいいと自分を励ました。だけどすぐに不安が襲ってくる。部屋に籠もり、窒息しかけて表に出る。あんなに好きだった下北《しもきた》のライブハウスもむかしのように夢中にはなれない。自分の命より大事だったバンドのライブに足を運ぶとステージもオーディエンスもみんなおじさんおばさんになっている。一緒に歳を取る共感より情けなさが先立った。とはいえ若いコのライブに行くと踊りもせず後ろのほうで腕を組みながら、こんな音ナンバガとフジファブがとっくにやってるよと毒づいてしまう。はっと気付く。これはあれだ。私が二十代だったときに見かけた痛いメンヘラBBAではないか。ああどうしよう。このまま歳を取って見窄らしく死んでいくのか。気分を変えようとブロン錠を二十個、ストロングゼロで一気飲み。パキって援交。パチモンのMCMリュックを背負ってWEGOの厚底靴。ホテル代別の一万五千円のはずが終わった後に突然豹変した客に殴られトンズラされてワンルームの家にすごすご帰った。

「ただいま」

「おかえり」

自分で言って自分で返す。左頰が熱い。鏡を見ることもできずに2ちゃんの喪女スレを覗いたらある書き込みが目に飛び込んできた。〝きょうも「まどかマギカ」を観て一日が終わっちゃった(^^☺でも幸せ(*^_^*)〟。まどマギとは『魔法少女まどか☆マギカ』のことらしい。ぴんとくるものがあった。Winnyで全話観た。まどかは平凡な女の子。ある日キュゥべえから勧誘される。「僕と契約して魔法少女になってよ!」。まどかと仲間の悪戦苦闘ぶり、バッドエンドに突き進んでいく。謎の転校生ほむらは時間を巻き戻す魔法で幾度も現実をやり直す。過去に戻って「キュゥべえに騙されないで。あなたは絶対に魔法少女になってはいけない」とまどかに伝えても歴史は繰り返される。あるいは「ワルプルギスの夜」に殺されるか、まどかが魔女に覚醒して地球を滅ぼすか、いずれにしても最悪のシナリオしか用意されていない。そして最終的な結末は。

イッキ見した後、蒙が啓かれる思いがした。そうか、これだったのか。よく男の子が「人生で大事なことはすべてガンダムから教わった」と誇らしげに語っていたようなことは。「まどマギ」にはすべてがあった。『ダークナイト』に通じる暗い世界観。パラドックスと終わらない因果。『乙女の祈り』の連帯と挫折。『時をかける少女』への信奉。ヘンリー・ダーガーへのオマージュ。横尾《よこお》忠則《ただのり》の「Y路地」のイメージ。宇宙の始まりと終わり。そして、ひとりの少女の解放がそのまま世界の解放へと続くダイナミックな本質論。まさしくこれは私が心の奥底で求めていたものだった。

五人の魔法少女のうち、ほむほむに感情移入した。決して肉体的には結ばれることのないまどかのためにその身を捧げる一途さに萌える。ほむほむが好き、というより、ほむほむになりたい。ほむほむがすべてになった。

「魔法少女としては致命的ね。度を越した優しさは甘さに繋がるし、蛮勇は油断になる。そして、どんな献身にも見返りなんてない。それを弁えていなければ、魔法少女は務まらない」

ほむほむのすべてのセリフをノートに書き写し、暗記した。全編を通しで百回は観ただろうか。自前でコスプレ衣装を作り、オフ会に参加した。そこには同志がいた。たくさんの魔法少女がいた。いちばん多いコスプレはやはりほむほむだった。「ほむほむがいっぱい！　やっぱりみんなほむほむのことが好きなんだ」という共鳴と「なんだ、ほむほむの素晴らしさを知っているのは私だけじゃないんだ」と失望の感情が混じり合う。だけどみんなキラキラしているように見えた。そのうちとびきり笑顔が可愛い女の子に恋をした。サトウカホちゃん、二十五歳のフリーター。人見知りの私だけど気が合った。互いの家でほむほむの格好をして「まどマギ」ごっこで遊んだ。

「カホちゃん、まどか演って」

「えー、わたしがほむほむ演りたーい」

すごく性格のいいコで、どうして私なんかと付き合ってくれるのかわからなかった。幸せだった。援交も苦じゃなくなった。会わないときもカホとの時間を想えば生きていけた。だけど終わりは当たり前のようにやってきた。あるとき頭の中で小さな針が落ちて脳に直接刺さるような、閃きに近いものがあった。こういうときのカンが外れたことはない。カホの画像をTinEyeにかけた。仲間内で撮った、ほむほむカホちゃんが大量に出てくる。探しているのはこれじゃない。

「ほむほむ」「コスプレ」「BBA」といったワードでエゴサした。見つけた。

〝あのメンヘラBBA、私のほむほむをクソ汚しやがって〟

〝加齢臭のほむほむがいっかよ。氏ねよ〟

〝私があんな息が臭いほむほむだったら自殺するわ〟

アカウント名は「熱いモーニング子」。すぐにわかった。「サトウカホ」のアナグラムだ。「SATO KAHO」を「HOT ASAKO」に組み直し、読み替えたのだ。それに顔出しこそしていないが、あの子の大好きな台湾カステラがいくつもアップされている。プロフィールはブランクだが同じエリアに住んでいるとわかる。一緒に行ったお店も出てきた。胃の奥がほろ苦くなってくる。隠し撮りしたカホのバッグの中にあった、ファイルに貼ったほむほむをデコったオリジナルイラストを隅に見つける。画像特定。間違いない。あの子の別垢決定。ウチに泊まった日のツイートを読む。

〝いーかげんやめ、万年メンブレピザのほむほむ草〟

19

血行が一瞬カッとなって背中の毛が全部ブァサってなってゲロを絨毯にぶちまけた。

寝込んだ私はカホからのＬＩＮＥをすべて既読スルー。侮辱には侮辱で返す、のではなく、スマホを持つ元気もなかった。〝どったの。具合でも悪いの〟的な気遣いメールが届く。裏では私のことを嗤ってるくせに。私は「熱いモーニング子」のアカウントを送る。すぐに返事が来た。〝これ何？〟。クソビッチが。しらばくれやがって。私は一緒に食べた台湾カステラの画像を指摘した。返事は〝偶然じゃない？〟。私は〝おまえは前からおかしいと思っていた。自分より劣った人間と仲良しごっこをすることで心の安定をはかってるんだろ。全部お見通しなんだよ！　真性ソシオパス!!〟と送った。しばらく返事がなかった。呼吸をするのもつらかった。ようやく来た。〝みけちゃん、前に話してくれた病気が再発したのかもしれないね。病院で診てもらってね。一緒に行こうか？〟。私はブロックした。二度とカホとは会わなかった。

私たちは、ほむほむとまどかになれなかった。

ああそれからコンビニ弁当一個にも困る世界がやってきて、どうせ死ぬならほむほむで死にたいと思って国がロックダウンを宣言した後も援交はほむほむの格好でカップ麺を三個もらって生き延びてきた。流れ流れて今このグループにいる。相変わらず、私の前にまどかは現れない。キュゥべえも姿を見せない。「僕と契約して魔法少女になってよ！」と誘われたら？――私の返事は決まっている。

イッキは大樹に身を潜めて、追っ手に向かってライフルを放った。命中こそしなかったが威嚇には十分だ。

ジムが声を張り上げる。

「隠れろ！　かなりの使い手だ！」

ＰＢＨはここに来るまでに、カウボーイの遺体を見つけただろうか。見つけているなら、説得も可能だとイッキは判断した。大声を張り上げる。

「あんたたちに告ぐ。わたしたちは、あんたたちが追い求めている連中じゃない。わたしと家族の三人は合流したばかりで、ＰＢＨのメンバーを殺したことをさっき聞かされた。無関係だ。わたしたちだけでも解放しろ」

一瞬、静寂が訪れた。正憲が別の場所で息を潜める。

――わたしと家族の三人？――。ちょっと驚く。

イッキは畳みかける。

「ＰＢＨのメンバーを殺した男ならわたしが殺した。あんたたちの仇を取ったのはわたしだ」

言うなりイッキは両手を挙げて、姿を晒した。即座に銃声が鳴った。ライラックが散る。イッキは大樹に退く。

「嘘をつけ！」

「ここに来るまでに、男の死体は見なかったのか！」

赤子を抱いた母親が木陰から叫ぶ。

「本当です。信じて下さい！」

みけが続く。

「信じて！　奴はもう処刑した！」

「それでもまだ憎いと言うなら、わたしたち以外のこいつらを引き渡す。煮るなり焼くなり好きにしろ」

母親の赤子を抱える手が震えた。一団に緊張が走る。

「あんまりです」

五メートル先の木に隠れていたトランが愕然とし、一目散に森の奥深くへと駆け抜けていった。このままホーチミン市まで駆け抜けていきそうだった。

イツキは木々の裏手を潜る。ノートリアス・アキコが怯えながら座り込んでいた。

「ひいっ！」

「おまえ、さっき言ってたよな。〝それしかワタシたちが生き残る道はない〟って。試してみようじゃないか」

「いやっ、いやっいやっ！」

イツキは彼の首根っこを摑んで引き摺り出す。原始林の色味の中に突然目映いキンキラが浮かんで、ＰＢＨは不意をつかれた。反射的に彼らがトリガーを引かなかったのは幸運だったと言うべきだろう。

「撃つなら撃て！」

「お願い、撃たないで！」

ジャングルで女装した太っちょが両手を挙げる。シュールな光景だった。ＰＢＨから声が上がる。

「こいつなら覚えている。ベンとテルが撃ち殺された後、〝一昨日来やがれ〟って小躍りしていた」

「絶対してないから！」

ＰＢＨはジムをはじめ、みなが銃口を向けている。イツキもノートリアス・アキコを盾にして銃を構える。緊張が張り詰める。ジムはこの状況下で考え抜く。こちらの方が数で勝っているとはいえ、アイパッチの女の腕は確かだし、これ以上の被害者は出したくない。それに言っていることは信用できそうに思えた。トリガーから指を離せと配下に命じようと決めた、そのときだった。予測できない事態が起こった。

ジムは最初のうち自分の身に何が起きたのかわからなかった。ドスンと何かがぶつかってきて、否応なしに倒れこんだ。同時に彼は熱い迸りを感じた。それが自らの首の付け根から噴き出す血飛沫だと理解するまで二、三秒かかった。直ちに彼は立ち上がり、足下に転がる男に逆襲を試みたが、アメリカ留学時に銃乱射事件に巻き込まれて犯人を撃ち殺した武勇伝を持つ彼でさえ毎秒二百ミリリットルの出血は致命傷だった。一瞬起き上がったかに見えたが、ジムは間もなく絶命した。突然の加害者の足下に彼は頽れた。

リスクと無謀を超越した面構えの男が勝者然としてジャングルの中心に立っていた。

「ざまあみろ～！」

芹沢は快哉を叫んだ。彼は木に攀じ登り、このときを待っていた。物心が付いた頃には自分が天才でも王の子でもない、それどころかクラスの人気者さえほど遠いことを知り、生に絶望した。恨みと僻みと執着の自分から離れられない絶望感。徐々に折り合いをつけ、許容し、さらなる気難しさと苛立ちを獲得した。妻をしもべにし、娘も従わせた。小さな王になれたはずだった。しかし決定的に足りなかった。

——どいつもこいつも俺を馬鹿にしやがって。いつまでも俺が服従していると思うなよ——

世界の終わりを迎えて芹沢の忍耐の臨界点は沸点に達した。銀行強盗や無差別射殺など猟奇殺人鬼が向こう見ずに人生の鬱憤晴らしを強行するように、自分を付け狙う荒くれ集団のボスを抹殺することは、芹沢にとって自然な選択をしたまでだった。試みはあっけなく成功した。芹沢は生まれて初めて世界の頂点に立った気がした。

しかし芹沢のウィナーズ・ハイは長続きしなかった。彼には永遠のように感じられた自己肯定感と多幸感は一秒前後に過ぎなかった。PBHの配下により一発目の銃弾が芹沢の頭蓋骨を貫通した。彼は安楽な死を享受したが、雨霰のごとく降り注ぐ銃弾に拍手を送りたくなるほどの痙攣ダンスで応えた。それはかつてギャング映画で散々焼き直しを余儀なくされた悪人の最期とは一線を画す刹那のモニュメントではなかったか。五色の虹がかかる。焦げ茶色は大腸に溜め込んだ糞便だった。芹沢は一個の血塗れの襤褸雑巾と化して土に還った。彼の妻子は木陰でそれを見た。ふたりはこっそりと魂の解放を感じた。この隙にノートリアス・アキコはイッキから逃れる。イッキも大樹に隠れる。

PBHは芹沢を殺した勢いとボスを殺された怒りとでイッキとノートリアス・アキコが立っていた場所まで弾を撃ちながら突き進もうとしたが、正憲がショットガンで彼らのひとりを射殺するとその場に留まらざるを得なかった。

「他も銃を持っているぞ！　取り囲め！」

そうして草葉に身を潜めながら前進する作戦を取った。

イッキとはぐれた葉子と貴一は正憲を頼りに森の奥へと腰を折り曲げながら逃げた。

葉子が泥濘に足を取られて倒れる。

「貴一っ」

葉子は呼んだが、彼の背中は遠ざかっていく。息子の背中に、やはり血が繋がっていないからなのかと、葉子は諦念を見せた。

しかし、ここからが「母親」の成せる業だった。葉子は貴一が転倒するのを見届けると、瞬時に自分の体を起こし、全速力以上の力で駆け抜け、彼に覆い被さった。

「ママっ！」

「大丈夫」

葉子が震え声で抱きしめる。

「絶対、大丈夫」

わずか五分ほどで一団は包囲されつつあった。追われる側も皮膚感覚で理解していた。姿こそ見えないが枝葉がざわめき、銃声が追いかけてくる。じっと息を殺して身を潜める。母親は赤子が泣かないように懸命にあやしていたが、こんなときに限って火が付いたように泣きじゃくる。PBHに居場所を知らせる叫声は彼らに正気ではなく嗜虐性を促した。それは人間が本来持つものの、文化的生活により抛棄するよう指示されてきた〝狩り〟の本能だった。そして〝自分だけは助かりたい〟という気持ちも本能だった。

しかし、〝他の人に迷惑をかけてしまう〟という、日本人の、日本人による、実に日本人らしい精神から、母親はわが子の口を塞いだ。

20

ほむほむコスプレの女、みけは木漏れ日の下、苔が生えた箇所に尻をついた。逃げるのはあきらめた。すでに白と薄いグレーの制服は土まみれで、スカートは枝に引っ掛けたためところどころ破け、黒のストッキングは膝が露わになっている。長い黒髪のウィッグを取ると、くたびれた髪質の中年女に戻る。彼女は思う。私の一生って何だったんだろう。倒木の下に賑やかな無数の虫の群れを見る。こいつらと何ひとつ変わらない人生がようやく終わる。少し嬉しいけど、少し寂しいな。そんなことを考えていたら、木陰から白くて小さなものが現れた。

「この宇宙のために死んでくれる気になったら、いつでも声をかけて。待ってるからね。僕はいつかそう言ったね。遂にそのときが来たってわけだ」

キュゥべえだった。みけは疲弊した声で返す。

「あんたのお望み通りの展開でしょ。私とまどかを引き裂いて、絶望に追いやり、みんな殺しちゃって」

キュゥべえは赤い目玉をギョロッとさせる。

「その反応は理不尽だ。この光景を残酷と思うなら、きみには本質がまったく見えていない。それに、あきらめたらそれまでだ。でもきみなら運命を変えられる。避けようのない滅びも、嘆きも、すべてきみが覆せばいい。そのための力がきみには備わっているんだから。きみの祈りはエントロピーを凌駕した。さあ、解き放ってごらん。その新しい力を！」

「私にはもう、そんな力は残ってない」

ＰＢＨのひとりがそこを訪れる。男は見る。病みメイクの剝がれた女がひとりでぶつぶつと話しているのを。

「カホに伝えておいて。私が謝っていたって」

男は少し考えた。姦してから殺しても遅くない。しかし気が狂ったババアを嵌めたところで後味が悪そうだ。それに俺は十一歳以上は女じゃないと思っている。彼はライフル銃のスコープを覗いた。ハンターが手負いの鹿を一撃で仕留めようとするように。

みけの頰を一筋の涙が流れていく。

「時間を遡行して、やり直したい」

それが彼女の病んだ人生の最期の言葉になる、はずだった。

「やっぱヤダー！」

みけは突然立ち上がり、絶叫した。男のライフルを持つ手が跳ねた。

みけはその隙に、雑木林の奥深くへと逃げ込んだ。

21

「なんだ、こりゃ。針がふらふらしてやがる……」

日暮《ひぐらし》はコンパスのアプリを起動して、北を直進していたはずだった。しかしジャングル一帯は磁性溶岩帯のため、地下に眠る磁場がスマホに内蔵された磁気センサーを狂わせた。日暮は嘆息する。あきらめかけたが、それでも足を進めることをやめない。彼は必死な自分をせせら笑った。自らを物語の主人公に見立てる癖があった。心臓の鼓動が早まるときほど自身を実況中継した。例えばこんな風に。

ああ我ながら生への執着にあきれる。生粋の方向音痴で、地図を見ても駅から五分の目的地に着いた例しがない。でも人生のほうがもっと迷っている。一生迷ってきた。たいしたことのない人生にもかかわらず。

親の金で一流とされる学校に幼稚舎から入学した。どいつもこいつも気のいい奴だった。戦争と飢えはもちろん、金に困ったことさえない。「豊かすぎて人の心を喪う」とまで言われた時代に青春を過ごした。適度な夢と悩み。予測のつく将来。「どう金を使うか、どう遊ぶか」が人生のテーマ。慢性的な不景気の時代に育った若者には想像もつかないだろう。入社説明会はクルーズで、葉巻を吸いながら、揉み手の人事部長の勧誘に耳を傾けた。上の空で思った。これで内定は四つ。でもいいのだろうか。興奮に一生、身を置いてみるべきでは。どんなにマジメに生きてもふざけて生きても八十年。それだったら楽しんだもの勝ちではないか。公務員の息子の大それた願望。一生を棒に振るぐらいの一生を駆け抜けてみたい。そう思ったら、大きくて安全なクルーズを降りていた。卒業式には出なかった。

それから四十五年。瞬く間に過ぎて、ギャンブル中毒の前期高齢者が残った。親の知らぬ間に実家を抵当に入れ、ダイスを転がした。親戚に頭を下げてやり直しを誓い、借りた金でルーレットを回した。嫁も子も逃げた。支援センターに連れて行ってくれた親切な人を騙した金でバカラに溺れた。どんな治療も効かなかった。そして男は躓く。こっぴどく。

これで終わりか。積乱雲を見上げながら不意にある一節が脳裏に蘇る。〝空蟬の身をかへてける木のもとになほ人がらのなつかしきかな〟。なんでこんなときに。文学部だった彼は『源氏物語』のゼミを選択した。教授から「院に進学したら」と勧められた。その通りにしていたらどんな人生を歩んでいたか。だけど今は死を待つだけの老人だ。そして腹に激痛が走り、空気を裂く音が遅れてやってくる。青い花。自分の声が遠ざかる。自分が自分から離れていく。〝死などない。俺が死んでいくだけだ〟とは誰の言葉だったか。そうだ。俺だ。

22

KEY1@mystrongmom

ジャングルでPBHに囲まれ、銃が乱射された。転がりながら避けた弾が耳元を掠めた。震えて怖がるーママの手を曳いて助けた。僕だって怖いけど、ママを助けることで強くなる。

リプ125　RT1・3万　♡3・4万

さっきまで嘘ツイの反響の大きさに気を良くしていた。葉子ママは小さな自分の下に僕を庇った。銃声は延々と続いた。草葉が砕け散って緑の匂いが鼻腔に痛いほど立ち込める。葉子ママの温もりを感じながら、いつかどこかで見たことがあるような気がした。そうだ、『プレデター』だ。シュワルツェネッガー率いる特殊部隊が密林地帯に潜む地球外生命体に向けて雨霰のごとくマシンガンを乱射する。イツキママは決まってこのシーンでカウチから身を乗り出しながら叫んだ。

「うおぉーっ、ぶち殺せーっ」

僕もイツキママの膝の上で、指を銃に見立て、一緒になって叫ぶ。

「うるっさーい」

葉子ママが大袈裟に騒ぎ立てる。

「いまいいところなんだ」

「ねえ、イツキ」

「もっと殺せっ」

「イツキ」

「なんだよ」

葉子ママがイツキママの腕を引っ張る。

「ちょっと待ってろ。我が家のプレデターが顔を貸せってよ」

ダイニングキッチンから小さな声が漏れてくる。

「ねえ、言ってたでしょう。今度の休みの日には貴一に話すって……」

「何を?」

「相談したじゃない。あのこと」

「あのこと?」

「声が大きい」

「あー、あれな。とっくに貴一に話したよ」

葉子ママが僕を見る。背中でわかる。

「俺たちが、本当のママとママじゃないって」

葉子ママの、声を失った声を聞く。目の前の映像が頭に入ってこない。音もなく近づいてくるのを気配で感じる。怯えた顔で僕の顔を覗き込む。この人は、こういう表情がとても得意だ。

「ごめんね」

「なんで謝るの」

「謝ることないよな。何も悪いことしてないのに」

「僕、覚えてるよ。初めてイツキママと葉子ママと会ったときのことも」

ふたりが、申し合わせたように息を止める。

あれはまだ僕が二歳のことだ。とは言っても、正確な誕生日を知らないので、二歳頃といったほうがいいかもしれない。

児童養護施設に里親希望者が来院する日は、みんなそわそわする。部屋の窓からの視線を気にしながら、明るくて無垢な子どもらしい子どもを演出する。

少し前に同じことがあった。ちょっとやり過ぎじゃないかと思うほど裕福そうなコートを誂えた夫妻がやってきた。彼らがしばらく小窓から顔を覗かせた後、院長が五人の子どもを呼んだ。子どもたちは院長のもとまで、物欲しげな顔をひた隠して駆けた。ひとりを除いては。金持ち夫婦が選んだのは、放り投げられた玩具を黙々と片付ける、演技過剰なガキだった。

二歳にして僕は悟った。媚は売らない。無理に同情を買わせる必要もない。どうせ一度棄てられた身だ。この先何かがあっても、本当に悲しいことでもない限り、泣き顔を見せることはない。涙の成分に嘘が混ざっていたら、それを見抜いた大人にまた棄てられる。八年前から僕は健気な子どもだった。

「貴一」

葉子ママが膝を折って、同じ高さに合わせる。真剣な目。この人重たいと思った。それより友だちのように接してくるイッキママのほうが、同じ呼吸を吸いやすかった。

「プレデター退治だっ」

僕は、いえーいと、イッキママのあぐらの中で同じポーズを取る。

ふたりとも本当のママではない。だからママのふりをしている。僕は何も気にしていない子どものふりをする。誰も傷つかない。与えられた役を全うすればいい。

「ぶぎゃあああああっ」

誰かの叫びが森に木霊する。まるで映画みたいだ。僕はこの物語のエンディングまで死なない子役だろうか。

そっと目を瞑る。葉子ママに抱かれて微睡む。僕は祈る。目が覚めて、地獄だったら起こさないでと。

23

ピチピチのベージュのシンプルスリップを着た太鼓腹の中年男性が灌木林を駆ける。ノートリアス・アキコは金ピカのドレスを脱いだ。これまでは「幸を吸い寄せるから」と国内彷徨中も着用を続けてきたが、現況では「撃って下さい」とばかりの標的になってしまった。命が惜しかった。なりふり構わず遁走するのは高校生のとき以来だ。あの頃ノートリアス・アキコは本名の山下昭夫《やましたあきお》で偏差値がそこそこの学校に通っていた。

クラスはおおまかに三つに分類されていた。一軍・スレイヴ・空気。一軍は部活の人気選手と読モと金持ちの子女といったセレブたちで構成されている。スレイヴは彼らのパシリ兼退屈しのぎの遊具。人権はない。空気はどちらでもない、その他大勢。百六十五センチで八十五キロあった昭夫は否が応でも一軍の目を引いた。ラジオの深夜放送だけが心の拠り所だった。せっせとネタを書いてハガキを送ったが採用されたことはない。光雄《みつお》とどっちが先に読まれるか競い合った。金曜の昼飯の話題はいつも決まっていた。グラタンパンを頬張りながら光雄に「昨日のたけしさー」。続きは柄谷《からたに》の蹴りで遮られた。柄谷はバスケ部の副キャプテンだ。「デブ、金曜は俺に限定わかめうどんを買ってくるんだろ」。平謝りで一階食堂の列に走る。お盆にそろそろと丼を載せて階段を上がり教室まで慎重に運ぶ。唾を入れてやりたかったができないのは人目があるからと昭夫は自分に言い訳をした。柄谷が一喝する。「デブ、てめえ七味が掛かってねえじゃねえか」。「ねえ、私の分は」「俺も食いたくなってきたな」「きつねふたつ、カレーひとつ」「お、お金」。床に小銭の鳴る音がする。昭夫は無言で拾う。教室を出るとき、彼に罵声が飛ぶ。「三歩以上は走るっ」「痩せろデブ」「人間に昇格しろ」「早く人間になりたーいっ」。追い打ちをかける笑い声。有名な女優を母に持つ、市司愛《いちじあい》の嬌声が昭夫の耳を擽る。

昭夫は毎夜、妄想の中で市司愛を思うがままに操った。愛の細い首に鉄輪を嵌めて土下座を強要し、洗ってない陰茎をしゃぶらせた後、泣きながら抵抗するも虚しく破瓜へと追い込む。あるいは女王様の愛にペニバンで無理矢理犯されて、菊肛が著しく拡張される妄想に励む。愛に「このブタ野郎」と顔面に小便をかけられたり、逆ギレした昭夫が愛の長い脚を強引に広げて、彼女が許しを乞うても小ぶりの生膣の奥深くにとめどなく射精をしたりと、ふたりの主従関係は転がるように逆転した。それはいずれにせよ、昭夫の願望を秘めた小さな復讐だった。

一軍によるイジメはエスカレートするばかりだった。放課後のバスケ部の部室に光雄は「裸に剥かれてロープでぐるぐる巻きの挙げ句うんこ食わされバックドロップの刑」（©柄谷）を執行された。「キモーい」と愛は腹を抱えて笑っていた。パンツ一丁の昭夫は膝を震わせながらその実勃起しているのがバレないように、懸命にそれを内股に挟んだ。次は自分の番だと覚悟したが柄谷を咥えているのはこの女だと昭夫は喝破していた。

昭夫はうひゃーと叫びながら部室を飛び出す。柄谷らが追いかける。半裸でグラウンドを逃げ回りながら惜しかったと思う自分がいた。「キモいんだよおまえ」と文句をこぼしつつ彼の精液を残さず飲み干した。その夜、昭夫の妄想の中で愛は、BB弾を撃ってきた。昭夫はどうすれば彼らが喜ぶか知っていた。

光雄が自殺未遂の末に登校拒否となった。次は自分の番が回ってくることを昭夫は恐れた（正確に言えば得もいえぬ興奮も混じっていた）。柄谷と愛が教室で立ちバックに興じているところを昭夫が目撃する。学校にバラされたくなかったら言うことを聞けと、柄谷は前から、愛は後ろから、昭夫挟み撃ちの口悦を昭夫は強要する。柄谷はいつもの虚勢はどこへやら、マゾ面丸出しでハフハフと涙目で肉棒を頬張っている。愛はすっかりガバガバになった昭夫の菊肛に唾液を溶かして切なそに啜り飲む。柄谷の肛門に昭夫が肉棒をぶち込むと括約筋がぶちぶちと切れる音が脳内に響く。昭夫が腰を振りつつなおも愛は彼の菊肛を口唇から離さない。まるで接着したかのような愛の動きを意気に感じて昭夫はその姿勢のまま脱糞した。夢から覚めた彼は親に知られまいと真夜中にシーツを洗濯し、木曜深夜一時のラジオのチューニングを1242に合わせた。ビタースウィート・サンバが聞こえる。神の声がした。いつもは楽しい時間なのに、あしたからのことを考えるとうまく笑えなかった。二時を過ぎたあたりか、軍団のひとりが話の流れから、聴取者から殿への人生相談が増えていますと伝えた。「親が家業を継げと言ってます」「部活のレギュラーを外されました」「東京に出ようか迷っています」「モテません」。読まれたハガキはどれもありきたりで、昭夫は自分のことを棚に上げて、みんな小さなことでくよくよしているなと感じた。たけしが言い放った。

「うるせえよ、おまえらみんな死んじまえ」

三十余年が過ぎた。山下昭夫が新宿《しんじゅく》二丁目で店を構えてからずいぶんになる。この街では自分の欲望やリビドーを隠す必要はない。むしろ露悪的なことが美徳だった。昭夫が常連として通っていた店でいつしか厨房のほうに回って、ドリンクを作り、他の客の愚痴を聞いてアドバイスする頃には、女装して別名を名乗るようになっていた。相談相手は昭夫が高圧的な態度を取り、断定口調で責めるほど有り難がった。そのうち独立し、拾った石を磨いて手頃な値札を付けた。二ヶ月先まで予約でいっぱいの売れっ子占い師になった頃、予想外の来客があった。市司愛だった。愛は都内有数のお嬢様大学に進学すると、二世俳優としてドラマの主役の座に居座った。三十路を過ぎて人気に若干の陰りが見えた頃、電通のエリートと結婚して子どもを産んだ。愛は美しかった。素材しかなかった十代を過ぎ、腰回りこそ若干の増しが目に付いたものの同時に女のたくましさを感じさせ、総合的に磨きが掛かっていた。コロナ禍によりオリンピックが中止になり、夫は会社からリストラされた挙げ句、外に女がいるので別れようか迷っていると愛は打ち明けた。他人の悩みは決まって卑小だとノートリアス・アキコは思った。彼は事もなげに言った。

「絶対別れちゃダメ」

愛の眦が微かに揺れた。市司愛がノートリアス・アキコのどこを信頼するようになったのか。足繁くアキコの店に通うようになり、レストランに誘った。

「子どもは」

「義母《ババア》が見てる」

給仕が恭しくヴィンテージのワインを注いだ。何でも楽しく話し合った。過去のこと以外は。

「私たち、どこかで会ったことある？」

「前世じゃない？」

愛は金のある友人を紹介してくれた。そこからまた数珠つなぎに客が増えていった。二丁目の飲み屋は情夫に任せて、銀座《ぎんざ》に店を移した。家は外苑《がいえん》前に引っ越した。愛が「うちの近所にしなよ」と言うので従った。愛の自宅で四歳の娘とふたりきりになることがある。愛が恋人に会いに行くときアリバイ代わりに留守番を預かる。マンションは十三階だ。大きな窓と広いベランダ。その割に低い手すり。ノートリアス・アキコは頭をかすめるが、実行に移すことはない。たまに下世話な酒が飲みたくて錦糸町《きんしちょう》まで足を延ばす。愛には絶対教えない立ち飲み屋を二軒はしごした後、裏通りで酔い潰れている男を見つけた。光雄だった。ざんばら髪と無精髭だが目尻の下にふたつ並んだ黒子は歳を食っても見間違えようがなかった。途中退学した光雄は実家のゲームセンターを継いだが、親と折り合いが悪く、衝突することが多かった。たまに連絡を取り合って飲んだが、テレビのＣＭに愛が映ると気まずくなった。ほどなくして引きこもるようになり、無理に外で飲むと店で暴れた。彼に酒の味を教えたアキコは責任を感じたが、そのうち忘れた。路上で寝ている光雄を道と道の間に引きずり込むと、なおも死んだように眠り続ける彼の顔の上に跨がり、脱糞した。光雄のシャツで肛門を拭いた。

光雄は宿命に押さえ付けられたが、自分は逃げ切った。そう思っていた。週刊誌にノートリアス・アキコの悪事が取り沙汰されるようになると、彼の友人は去り、残った彼の信奉者とはより強い絆で結ばれた。しかしそれも彼らの身内が弁護士を連れてくるまでの話だった。愛の夫は怒り、ふたりを引き裂こうとした。涙なしでは語れないような愁嘆場があった。夫が愛と娘をＬＡへ半ば強制的に連れて行った。

「愛、ワタシね。ほんとはね」

愛は泣くばかりで、アキコの話に耳を傾けることはなかった。愛を乗せたＢＭＷが空港へと向かう。アキコは追いかけた。すぐ転がった。道に倒れて彼女の名を呼んだ。そのとき彼の陰茎は久し振りに漲っていた。そしてきょう――。蘭草の谷を弾むように転がり落ちた果てに、汚水に顔を沈めた。

24

十四歳の剛己《ごうき》はユーチューブでＰＢＨのプロパガンダを見て一発で虜になった。

ここに至るまで紆余曲折があった。そもそも十五年前、インド系フランス人の父とアフリカ系キューバ人の母がハーバード大学で出会い、恋に落ちたことから彼の物語は幕を開ける。名前が漢字なのは母が亡命し、出産した先が日本だったからだ。剛己という名は父と母が親密になるきっかけになったゴーリキーから付けられた。父と母は籍を入れず、互いに自由恋愛を楽しみながら彼を育てた。母は大学を休学し、育児中に超電導の限流器で特許を取り、莫大なライセンス契約料を得た。母の恋人とその子どもたちと遊んだ。夏休みは決まって三ヶ月間、父を訪ねてボストンに。彼の研究室でドラッグを覚えた。上質の大麻を皮切りに、コカインを焙りで、小学校を卒業した記念にLSDで飛んだ。私立の中学にはほとんど通わなかった。バスケが得意なだけで「黒人はやっぱ凄いわ」と言われることが鬱陶しかった。風貌をからかった担任をナイフで刺して自主退学を求められた後、父の誘いを断って日本に留まった。六本木《ろっぽんぎ》で自分と似たような、いいとこの不良子女とつるみ、十三歳のときに初めて同い年の女の子と寝た際、コンドームが破けて孕ませた。父親からもらったコンドームだった。

しばらくは裏社会に屯した。頭の回転が速く、語学に堪能なのを買われ、ヤミ取引の通訳として重宝された。腹も据わっていた。十一のときアメリカで拉致されて、覆面男に実弾でロシアンルーレットを強要されたことと比べたら怖くなかった。その後逮捕された誘拐犯は父の親友のポーランド人だった。物心が付いた頃トイレに呼び出され、ペニスにおしっこを出す以外の使い道があることを教えた男だった。そうした行為は度々続いた。男は獄中で首を吊った。父は泣いていた。その涙が、剛己には不快だった。反抗期と呼ぶ人もいるだろう。しかし剛己にはまるで親友のように過ごし、自分の良き理解者を装っていながら、彼が五歳の頃から重たい鉛を飲まされてきたことに気付いていない父が憎かった。我ながら理不尽だと感じながらも、ここは俺は怒ってもいいんだと目を血走らせた。

幾つもの衝突と停滞を繰り返し、あるいは混ぜっ返し、安いメスカリンのせいで依存症が再発すると、児童自立支援施設に送られ、脱走を試み、うわべのみ平和的に解放されると、裏社会は歓迎の手を広げたが、彼はぷいと横を向いた。むかし何度か遊んだ年増の女の家に匿われていた間に、ツイッターのTLの流れからPBHを知った。液晶ディスプレイの中のジムは素直にカッコいいと思えた。薄汚れた髪の毛を撫で付け、素肌の上にレザーのオーバーオールでへらへら笑っていた後、二枚重ねた十円玉を指でくの字に折り曲げるパフォーマンスに興奮した。理屈じゃなかった。感じたら即行動に出る剛己はポケットに二千円だけ入れて無賃乗車の旅に出た。動画の背景からアジトを探り当て、俺を仲間に入れてくれと直談判した。そこはロッジというよりは詰め所、ベースというよりは橋頭堡に近かった。男臭い集まりにちらほらとエロチックな女が見える。両脇に侍らせながら精悍な顔つきを忘れない男がジムだった。彼は度が入ったサングラスをかけて剛己を見た。PBHには国内外問わず志願者が多かったが、銃を見せるとたいていビクついて尻尾を巻いて退散した。AR15を向けられた剛己は顔色ひとつ変えず、それは親父と裏庭でよく遊んだやつだと口元を緩めた。

「小僧、額のタトゥーは本物か」

剛己はシャツを脱いで、細身ながら筋肉質の身体を披露した。川底の泥に眠る茶みがかった肌色は美しいものだった。そこにチョークのように刻まれた文字の数々は、さながら彼の黒板だった。左肩には『どん底』から原文のまま一節。肘の内側は父と母の名。見る者の想像力を喚起させる脇腹の抉れた傷痕。首には鉄板のカストロ。襟付きのシャツを着るとカストロが鋭く睨み付ける。鬼面のような背中には背骨に沿って十字架が。右にはナイフと〝ＪＵＳＴＩＣＥ〟。左には聖書と〝ＴＲＵＴＨ〟が天秤に掛けられている。剛己御自慢のアートフォームだった。

「へその横のハートマークは」

「十一のときファーストデートを記念しておそろいのタトゥーを彫った」

「その子とはどうなった」

「二時間後に別れた。彼女は父親とデキてたんだ」

ケラケラと笑い声が起こる。

「なんで俺たちの仲間に入りたい？　おまえは一匹狼が似合いそうだぜ」

剛己の歯が徒に白い。

「文明社会が滅んだ今、俺の出番が来たと思う。でももう数年、世間を様子見しながらオールドスクールに通ってみたい」

ジムはふふんと鼻を鳴らした。教師時代に積分の解き方をトラップで教えていた彼には剛己のような生徒が懐かしかった。そうして汚れた真珠のような目をした、心に茨を持つ少年を、両手を広げて迎え入れた。

剛己はすぐにＰＢＨに溶け込んだ。不遜ながらも小賢しさとは遠い彼をメンバーは生意気な弟として可愛がった。無論ＰＢＨは彼にとっていい奴ばかりじゃないが、悪い奴らばかりでもなかった。しかしどんなトライブでも息づかいさえ気を遣ってきた彼がようやく目を瞑り、深呼吸できる居場所を見つけた。

なのに。なのに。

人生の師であるジムが殺害されたことで剛己の感情はかつてない爆発を見せた。しかもスピードで加速度が付いている。「やられたらやり返す」のがPBHの血の掟。女子どもは犯す。男なら皮を剝ぐ。剛己はジャングルを突き進み、息を潜めて隠れていた者たちを撃ち殺したが、袖口から忍び寄った蛇に噛まれた。あっけない幕切れだった。もはやこれまでと悟ったのか、剛己は雄叫びを上げながら銃をありったけ乱射すると、ものの三十秒とせずに事切れた。蛇が噛んだ場所には天秤に掛けられたナイフがあり、上手い具合に血塗られていた。

25

剛己の銃弾は彼の意思と離れてそこかしこに飛散した。
一発は――起業家の玉の輿に乗ったものの夫の自己破産により離婚、むしゃくしゃして満員電車で痴漢の冤罪をかけ、何の落ち度もない男を失業させ、社会的転落に追い込むことで人生の溜飲を下げた――三十女の細い腰に命中した。
もう一発は――早稲田の法学部を卒業したが就職浪人した後、ブラック零細企業の振り込み詐欺課にコネ入社するとめきめきと数字を伸ばし、五反田《ごたんだ》の一流ソープ嬢を恋人にしたが、彼女が代議士秘書の愛人と知って怒りのあまり脅迫し、逮捕され、刑務所から出ると、「全部おまえのせいだ」とソープ嬢のストーカーになり、彼女を刺して逃亡中だった――二十五歳の男のこめかみを射貫いた。

また一発は——入信した新興宗教の教えに従い、職場の産婦人科で赤子を取り替えることを使命とし、十年後に白日の下に晒されて病院をクビになり、一時はホームレスにまで堕ちたが、顔も覚えていない親戚から巨額の遺産を引き継ぎ、新興宗教に全額献金して幹部に登用されるも上層部と衝突し追放された——還暦女の子宮に埋め込まれた。その銃弾は梢や病葉を掠め、樹皮を抉ったため、夾雑物を多分に巻き込んで女の皮膚を裂いた。女はこの後六十五時間にわたり苦しむだけ苦しみ、視界が紫色に蝕まれていく中、教祖の名を唱えながら憤死した。

不合理、理不尽、罪と罰。人智の及ばない世界。彼らの背景を知る者は誰もいない。

ＰＢＨの撮影班は、表面のみ切り取り、公式ＨＰでライブビューイングした。

26

事態は持久戦へと持ち込まれた。日が暮れて、夜は誰にも平等だった。ＰＢＨとイッキの集団は互いに闇の中で息を潜めた。丸腰の者は蚊の集団に耐え、赤土の穴を見つけて塹壕の代わりにし、朝が来るまで命を繋いだ。フクロウの鳴き声が聞こえた。

暗黙の取り決めに付き合わず、森の中を移動していた中国人の女子留学生が、運悪くＰＢＨと遭遇し、喉元をナイフで裂かれた。彼女は実の兄の子を宿していた。

イッキはトーチを片手に、草地を横切り、干涸らびた犬の屍体を跨ぎ、小さな果実を捥ぐ。その足取りは知らない人が見たらピクニックのように見えたかもしれない。葉を踏む音に反応する。ライトを向けると、白人女性がひとりで立っていた。ＰＢＨのメンバーだ。頭にはピンクとパープルのバンダナを巻き、金髪をふたつに結っている。青い目。上半身はビキニ。下はジーンズ。この女だ。なぜだか会えるような気がした。向こうも自分を捜しているという確信があった。名前はもちろん、国籍もわからない。けれどもひと目見て、通じるものがあった。イツキは英語で話しかける。女の首は動かない。イツキはフランス語に変える。女の目が開かれる。異国のジャングルで、流暢な母国語に出くわした驚きを隠せない。

「あんたとは同じ〝クラス〟だよね」

白人女が一瞬その意味を摑みかねる。イツキが近づこうとすると、白人女は慌てて銃を向けた。イツキは手を挙げる。ちょっと待ってと断ってから、肩からかけていたライフルを白人女の足下に放り投げた。続けてイツキが服を脱ぎだす。白人女が面食らった表情になる。すぐにイツキの白い肌が露わになった。細身の肢体に不釣り合いなほど大ぶりの乳房。その中心の乳首はピンク色でツンと澄ましている。くびれた腰の下に魅惑的な茂み。隠すものは何もない。イツキは不敵に微笑んで、ゆっくりと、確かな足取りで白人女のもとに寄る。彼女はまるで催眠術にかかったようにイツキにあっけなく銃身を握られると、それを木の奥に放り捨てられた。白人女はイツキの黒い瞳に吸い込まれていく。イツキが優しげに白い歯を見せる。髪を撫で、泥で汚れた頬にキスをする。それから唇を重ねた。ビキニの上から乳房を揉む。そうなると白人女も火がついて、矢庭にジーンズを下ろそうとした。イツキも手伝う。夜汗でへばりついて、もどかしかった。そのままふたりして葉叢に横たわる。鬱蒼と茂る草むらの中で草むらを搔き分ける。不潔なＦｒｅｎｃｈ Ｃｈａｔｔｅにイツキはむしゃぶりつく。ティッシュの屑が口の中に入り、それを木の葉の群れに吐き出す。フランス語で優しく囁く。パリにいたときのことを思い出す。

27

夜のパリ十一区に、けたたましい爆破音が轟いた。

イツキは読んでいたニーチェの『Jenseits von Gut und Böse』から顔を上げる。

窓の外を覗く。日頃よく行くグロセリーストアの辺りから火の粉が上がっている。あの周辺には幾つか劇場があった。

やれやれ、またテロかとイツキは思う。開きっぱなしのノートパソコンでニュースを見る。そのとき、背中で気配を感じたが、急に振り返るのは危険と判断した。

「もうちょっと左」

しゃがれた男の声がする。フランス語だが、rのアクセントが若干強い。

イツキは前を向いたまま、体を横にゆっくりとスライドする。ノートパソコンのニュースはさっそく、〝パリでテロ。少なくとも十九人が死亡〟と伝えていた。

「思ったより少ないな」

男は冷静な口ぶりで言う。

イツキは舌打ちを控えた。このところツイていない。昨夜も近所のビストロで親が移民の黒人女と意気投合して家まで連れ込んだが、パンツを脱がそうとしたら抵抗された。

「私は男しか好きじゃない！」

「女も気持ちいいよ。ちょっとまかせてみ」

顎を下から蹴り上げられ、下半身を丸出しのまま出て行かれた。

女の同性愛者は、男のそれより相手を探すのが難しい。焦っていたのか、それとも酔いのせいか。ジャネール・モネイが好きだと言うからてっきりお仲間と勘違いしてしまった。

それより問題はいまここにある危機。万全とは言い難いセキュリティーとはいえ、男は易々とこの部屋まで逃げ込んできた。心得があっても刃向かわないほうが無難だ。他に人がいないかチェックしているのだろう。隣の部屋の扉を開ける音がする。同棲していたフランス・ギャルは先月荷物をすべて引き揚げていた。

「ゆっくりとこっちを向け」

イツキは言われた通りに従った。

浅黒い肌の男がＡＫ47自動小銃をこちらに向けていた。鼻の下と顎にヒゲを生やしている。目は大きく、よく見ると垂れていて、普段は人当たりが良さそうだ。もっとも、迷彩服と自爆用ベストを着込んだ今は別人格だろうが。

「俺だ」

ノーパソの画面に男が映っていた。国際手配中、その下に〝Abaaoud〜〟とある。名前の感じからモロッコ系か。こちらで一瞬付き合った女が似たような名前だった。

「おまえに害を及ぼすつもりはない。戒厳令が解けたらここを出て行く」

招かれざる客の紳士協定だった。

男はイツキに銃を向けたまま、テーブルにあった瓶のｅｖｉａｎを飲み干した。テロリストは花瓶もない簡素な部屋を見回す。それが男には不審に映る。

「おい、ここはあんたの——」

「静かにして。いまいいとこなんだから」

イッキは本から顔を上げない。

テロリストがイッキの手を払いのける。本が床に転がる。

「何すんのさ！」

スマホで助けでも呼んでいるのかと思いきや、イッキの手にはなかった。ソファで電話の呼び出し音が鳴る。テロリストが顎で促す。イッキは手を伸ばす。画面に現れた名は、性欲が溜まったときに呼び出すコリアンガールだった。イッキはセフレとしか見ていないが、情の深い相手はそれ以上に昇格させてほしいようだった。

「女友達。わたしのことが心配でかけてきたに違いない。この子ウチから近いし、出ないと怪しまれるけど」

テロリストは一考した後、少しでも怪しい素振りを見せてみろと、イッキのこめかみに銃を向けた。

イッキは受信する。英語で答える。

「もしもし。うん、近くで爆発があったみたいだけど、わたしは大丈夫。心配してくれてありがとう。いま？　いまはダメ。今度また飲みましょう。わたしのほうからＬＩＮＥする。うん、ひとりだよ。またね」

イッキが電話を切る。テロリストはイッキからスマホを奪う。

「上出来だ」

それからスマホを床に落として、銃身で叩き割った。これで外部との接触は断たれた。イツキは突っ慳貪に言う。

「アバウド、もっと静かにして。ここはわたしの家」

彼はなぜ俺の名前を知っているんだと聞きたかったが、ノーパソにさっきから自分の名前が大きく映し出されていたことを思い出す。見覚えのある通りが炎に包まれ、土煙が大きく上がっていた。無数のパトカーと消防車。サイレンが窓から飛び込んでくる。

「ひでえ」

イツキが呟く。アバウドの眉間に皺が寄る。

「フランスがシリアとイラクに何をしたか知っているか」

アバウドは銃を向けた。

「俺は世界をより良いものにしようと思って活動している。死ぬことなど恐れていない」

野暮な奴だなと思ったが、イツキは表情に出さなかった。黙って床に腰を下ろし、読みかけの本のページを手繰った。アバウドはこれ以上の主張をやめた。

「食うモノはあるか」

イツキは本から顔を上げず、キッチンを指差す。

冷蔵庫の中はビールしかない。腐ったトマトが放置されたままだった。引き出しには粉末スープだけ。チーズはおろか、ジェルブレもない。イツキの声がする。

「シンク下の収納にフィードバーがある」

チョコバーのことだ。アバウドは一本握って戻りかけると、わたしの分も持ってきてとイツキの声がして、踵を返した。

アバウドはイッキにフィードバーを放る。ふたりはそれを剝いて頰張る。

イッキが言う。

「向かいのレストランに籠城したら？　テット・ド・ヴォーがイケる」

「俺はビーガンだ」

アバウドはノーパソを膝に載せてソファに座り、キーボードを叩く。情報を収集しているのだろう。

「チッ、Ａ３はやられちまったか。おい、パスワードを教えろ」

「何の」

「リモートをやる」

「人のスマホを壊しておきながら、自分の持ってないの？」

「バカだな、おまえは。現代においてスマホはその人間の全データだ。それを非常時に持ち歩くとでも？　万が一俺が亡き者にされた後、そのスマホが警察の手に渡ってみろ――」

長くなりそうなのでイッキは遮った。

「Ｉ・Ｔ・Ｕ・Ｋ・Ｉ、２５」

「おまえ日本人か」

イッキは答えない。アバウドは打ち込む。

「誰も出ない。ガッデム」

アバウドはノーパソを叩きたい衝動に駆られたがぐっと堪える。ノーパソのトップ画面が、イッツキと女がサクレクール寺院をバックに手を繋ぐ写真であることに気付く。アバウドはイッキを見る。

「何」

アバウドはChromebitを立ち上げる。彼の勘は当たった。ブックマークを挟んでいるのは、レズビアン専用の出会い系サイトと同様の書き込み板。Instagramはパスワードがそのままなので見られた。予想通りの写真が出てきた。アバウドがふっと鼻で息を漏らす。途端に下世話な顔の男になった。

「人のプライベートに立ち入るな」

「俺に嘘をついたな？　さっきの電話の女。ただの友だちじゃないだろ」

「友だちだって。何度かヤッただけ」

「おまえは俺の国では死刑だ」

イッキは眉ひとつ動かさずに返した。

「知らないの？　世界は一種類じゃない」

「男とは経験がないのか。ヤッてみたら変わるんじゃないか」

「わたしにそう言った男は全員キンタマを蹴られた」

アバウドは大義のためなら命を捨てる覚悟も辞さない者とは思えぬ、卑しい笑みを零した。

「死んだら地獄に堕ちるぞ」

「あんたもじゃない？」

アバウドは高笑いした。

「おまえみたいな日本人は初めてだ。俺が通っていた学校で日本人留学生と話をしたことがある。

そいつらはみんな、テロというのは貧乏人が追い込まれて凶行に走ったと思い込んでいた。その方が想像しやすいんだろうがとんでもない。オサマ・ビン・ラディンの実家はサウジアラビア有数の大富豪だ。俺も、俺の仲間も、大企業の社長や幹部の御曹司で、高い教育を受けてきた者がほとんどだ」

「あんたにとってテロは犯罪ではなく、投票に近い」

「いいことを言う。あんた——ミス・イッキ。ヘテロじゃないのが惜しいな。Queerなのも残念だ」

Queerとは「風変わりな」「奇妙な」という意味だが、この会話の中では明らかに同性愛者を侮蔑する「変態」の意味合いが込められていた。

「俺が知ってる日本人はどこまでも慎重で、自分の意見を主張しようとしない。それが美徳だと思っている」

「わたしはそんな国がまっぴらで飛び出した」

「だろうな。窮屈だったに違いない。当ててやろうか。親からも疎まれただろう?」

アバウドは見透かしたように畳みかけてくる。

「ズバリだったようだな」

イッキの目の奥に、遠い日が映し出される。

28

イッキのいちばん古い記憶は、母の実家で親戚に囲まれているときのことだ。産着のイッキは微かに開いた目で彼女たちを見た。全員、女だった。生まれて三日目だったが、「どうしてこの家は女しかいないのだろう」と思った。

「こっちがイッキちゃんね」

「こっちがジュリちゃん」

女たちは喜色満面でふたりを代わる代わる抱っこした。

後に、双子の姉と話したところ、彼女もいちばん古い記憶が同じだった。

イッキの母は旧家の出だった。女しか生まれない家で、男はみんな早死にだった。イッキも父親の顔を思い出せない。

母は強い人だった。幼い頃から娘に甘い顔をしなかった。笑顔を見せるのは損だと思っているのではないか。イッキはそう考えたこともある。

母は学校の成績が優秀だったが、女なので短大しか進むことを許されなかった。家庭科の教員免許を取ったものの、「教師なんかになったらお嫁に行けなくなる」と、親戚一同の反対にあった。卒業後は花嫁修業に勤しみ、洋裁、和裁、料理学校、茶道の免状を修得した。

幼いイッキは、無条件で母のことを尊敬していた。地元の婦人会の会長で、貫禄があった。しかし男たちの壇上では常に一歩退いていた。

「ジュリ、イッキ、女にいちばん大事なことは何かわかる?」

おかっぱのふたりは首を振る。

「わきまえることよ。あのような場所にお呼ばれしても、ずけずけと自分の意見ばかり言う女は二流。殿方の発言をなるほどなるほどと聞いて差し上げる。そうすると殿方も機嫌が良くなる。会議も時間がかからない。それでいいの。それが女の生きる道」

ふたりの成績はオール5だった。しかし、性格は正反対だった。

母親に反抗的で、活発なジュリと、母親に従順で、控えめなイツキ。「あんたは生まれてきたときも泣かなかった」と言われて、責められている気がした。

クラスの生徒委員を選ぶ際、委員長にジュリが立候補した。しかし彼女の望みは叶わなかった。担任教師は、委員長に男子を推し、ジュリを副委員長に回らせた。ジュリは抗議した。立候補したのは自分だし、能力もやる気もあると食い下がったが、教師は一蹴した。

「わたしが女だからですか？　だから委員長になれないんですか？」

教師は余裕たっぷりに、厚化粧の笑みで宥めた。それから生徒たちに、「ジュリさんはサポートする能力がある。男子委員長を支えることで自らの新しい側面を知ってほしい」と説き伏せた。多数決の結果、男子生徒が委員長に選ばれた。

休み時間の後、ジュリはイツキのもとに駆け寄った。

「なんでわたしのほうに手を挙げなかったの？」

目から涙が零れそうなほど溢れていた。

イツキは、担任教師の言う通りだと思ったまでだった。他の生徒たちも同様で、これ以後、生徒たちの間で、「あいつは生意気」「先生の言うことをきかない」と、ジュリは爪弾きにされた。

ジュリは母親に訴えたが、「先生の仰るとおりよ」と、相手にされなかった。

「みんなあんたのことを思って言ってるの。あんたには従順さが足りない」

通知表には「独善的なきらいがある」と書かれた。

イツキは思い出す。あのとき、わたしはジュリのことが不思議でしょうがなかった。まったく女の子らしくない。どうしてそんなに逆らってばかりいるのか。大変なことや面倒臭いことは男子にまかせておけばいい。家にいれば、彼らが外に出て働いて稼いでくる。こっちは安穏と子どもでも育てていればいいと。

そしてはっとする。なぜあの頃はそんなことが当たり前だと思っていたのだろう。今の自分だったら、ジュリと一緒になって、担任を攻撃していたはずだ。

それから時は流れて、ジュリと同じ日に初潮を迎えたとき、すごく嫌な顔をされた。あのとき、母親の顔にはこう書いてあった。

――やっぱりあんたも、私と同じ、女なのか。

さらに時は流れた。イツキが学校を中退して、誰もいないと思って部屋で女と裸でしけ込んでいたところを、母親が扉を開けて、すべてを見られた。

怒り心頭の母親を尻目に、出て行けばいいんだろうと返した。

あれが母親を見た最後だ。ジュリとも連絡を絶った。

わたしはどこで変わったのだろう。言うことをきく人間から、きかせる人間に変わった。きかない人間を葬ることに、良心の呵責はなかった。

過去から過去へと遡りながら、自分に問いかける。わたしはどこで変わったのだろう。

29

アバウドは父親との不仲を滔々と語り続けた。

「あんたとは似たもの同士かもな。俺も子どもの頃から親と折り合いが悪かった。〝あいつはこの家の者ではない〟と周囲に言い触らすことで、自分の社会的地位を守っている」

アバウドは、イッキが自分の話に真剣に耳を傾けていると思っていたようだ。

「おまえ、〝バケモノ〟を見たことがあるか。比喩ではなく。その家に生まれたことを恨む者の中には、思念が強いあまり、モンスターを具現化してしまうことがある。緑色の怪物だった。オカルトじみた話だと自分でも思う。だけど俺はそいつを殺った。吹っ切れたね」

イッキは違うことを考えていた。父親と息子の不仲など、母親と娘のそれに比べたら薄味だ。男のそれは所詮、「乗り越えるべき壁」に収斂される。

女は違う。呪詛だ。支配だ。「あの人とわたしの体は繋がっている」という確かな感覚を、男は想像すらしたことがないだろう。

「なあ」

アバウドはやけに親しげに見えた。

「母親が嫌いだったから、同性愛者になったのか」

長い時間に感じた。イッキは平静を装った。

「テロリストのくせに、つまらないことを言うね」

「テロリストを差別するな」

アバウドは笑った。さらに聞き逃せないことを加えた。

「ヤリまくるのは自傷行為のひとつだ。女の場合」

このとき、イッキはこの男に報いを受けさせようと決めた。

「イッキ、そういえばあんたはフランスで、どうやって生計を立てているんだ？」

そのとき、ドアをノックする音がした。

「どなたかいますか」

アバウドが瞬時にテロリストの顔に戻る。ノックの音が続く。

「警察です。現在このアパートをすべて見回りしています。いらっしゃいますか」

アバウドが顎で促す。さっきまで見せていた親密さの虚飾を剝ぐように、銃口をイッキに向けた。

「わかってるな」

イッキはアバウドの目を見ずに戸を開けた。

「何か？」

「こんにちは。監視カメラによると、テロリストがこちらのアパートに逃げ込んだことがわかりました。それで一軒一軒巡回しています」

「ご苦労様。警察はあなたひとりですか」

「ふたりです。もうひとりは別の階を回っています」

あっという間だった。警官にとってみれば驚く暇もなかった。イッキの顔の横から伸びた腕が自分の首根っこを摑んで部屋まで引きずり込み、気付いたときには喉元を掻き切られていたのだから。

警官は床に倒れると、血の湖面に顔を浸した。

アバウドは扉を閉めると、深く静かに息を吐きながら、足下の亡骸を見つめた。

しかし彼には考え無しに取った自分の行動より思いがけないことがあった。

イツキが眉ひとつ動かしていなかった。まるで感情がない人のような顔で。

アバウドの口から咄嗟に言葉が出ていた。

「死体を見るのは、初めてじゃないな？」

問われても、イツキの表情に変化はなかった。

「おまえ――」

イツキは背を向ける。

「コーヒーを淹れ直す」

アバウドは再び声をかけ直そうとした。

「あ」

イツキがキッチンの手前で躓いたかと思うと、アバウドの視界から消えた。

次の瞬間、白い光が部屋全体を包んでいた。

アバウドは知らなかった。

イツキはパリに来てから、テロとレイプが頻発するこの都市で、仲間内で取り決めをしていることを。

電話口で普段相手と会話している言語以外で話したら、助けを求めているサインだということを。

イツキとコリアンガールは日常、日本語と韓国語で会話をしている。電話の向こうのコリアンガールは、イツキのＳＯＳを受け取った。

ＲＡＩＤ（特別介入部隊）が一斉に窓を蹴り破って部屋に突入した。

あとは瞬きの間だった。アバウドが、自分が殺めた警官の横で、同じ色の湖に溺れていた。

隊員たちが横たわるアバウドを取り囲む。自爆装置を起動しないように、彼の手足はがっしりと押さえられていた。アバウドが血を吐きながらイツキの目を見て言う。

「……おまえはやっぱり日本人だ。高い金を払って強い者の後ろに隠れる。決して自分の手を汚そうとしない」

傭兵としてミャンマーで実戦を経験したことがあるイツキには、アバウドの言葉は侮辱以外の何物でもなかった。腰の入ったストンピングをアバウドの顔面に叩き込んだ。

隊員たちに脇を抱えられて、アバウドは立ち上がる。イツキを睨み付ける。

「どうせおまえは忌まわしき故郷に帰還する。そこでしか生きていけない」

捨て台詞を置いて、部屋の外へと連行された。

入れ替わりにコリアンガールが部屋に入ってきて、イツキを抱きしめる。長い黒髪からブルガリのいい匂いがした。

「よかったあ、イツキが助かって。ねえ、これで恋人にしてくれる？」

窓の外で大きな爆発音がした。青と白のプジョー車が火を噴きながら、イツキのアパートの階まで浮かび上がった。

イツキはその夜、焦燥を女の体で発散させた。けれども女の叫声はアバウドの下卑た笑みを掻き消すことはなかった。イッキは思う。

やりたい放題やって生きてきたはずだ。なのにこの満たされない気持ちは何だ。

真っ暗な夜の肌に、いつまでもアバウドの言葉が反芻された。

30

うっすらと明ける頃、掃射音が目覚まし代わりになった。一度破られた森閑が元に戻ることはなく、正憲はすぐさまショットガンで応戦した。森の神はそれを人間たちによるおはようの挨拶のように見ていた。

イッキと白人女は裸のまま目を覚ました。イッキは夢を見た。現実と空想が入り交じった夢を。しかしそれがどんな内容なのかは思い出せない。ふたりは銃声を聞いて、少し急いで服を身に着ける。「わたしのところに来るか」とイッキがブラトップを着けながら訊ねる。白人女はジーンズを穿きながら聞こえないふりをする。イッキは再び訊ねる。白人女は答えなかった。それでイッキは彼女の気持ちを理解した。

服を着終えたふたりは正面を向き、そっと抱き合い、口づけをした。両者とも最後のキスになることはわかっていた。白人女がもと来た道を二、三歩戻り、振り返ってイッキにさよならの言葉をかけようとしたが、その表情が刹那に強張った。イッキが銃口を向けていた。互いに名前も知らなかった。

イッキは用済みになった女に向けて迷わず引き金を弾いた。

31

どこからか手榴弾が投げ込まれた。樹木と肉片が散った。葉子は貴一を連れて真っ直ぐ走った。それは賭けだった。銃弾に斃れるか、さらなる原生林の群れに飲み込まれるか。いずれにせよ土に還ることしか許されないのなら全力を出し切りたかった。森の奥へと駆け抜けながら、黒い鳥が頭上で羽ばたく錯覚を起こす。先頭を走っていた貴一が倒れる。何かにぶつかったとわかるまで数秒かかった。

「貴一っ」

葉子は目を疑った。貴一も言葉を無くす。そこには無数の蔦が絡まる、色あせたピンク色の宣伝カーがあった。トラックの腹には女の子のイラストが大きく描かれている。

〝もっと稼ぎたい!!　お金超大好き!!　VANILLA　高収入求人情報　バニラ〟

ジャングルに不釣り合いな宣伝文句を前に、葉子と貴一は立ち尽くす。車内では人がふたり死んでいた。ずいぶん時間が経過したようで、遺体は半ば白骨化していた。貴一が堪らず嘔吐する。葉子が彼の背中を摩る。そしてジャングルを抜けたことに気付く。ふたりは自分たちの目を疑う。藪のトンネルを潜ると整頓された庭が広がっていた。そこには洋風の大きな城があった。

第二部
最初の晩餐

32

金持ちは金を持っているだけで存在する理由がある。

資本主義社会に生まれ育った以上、この考えは真理だ。ピラミッドの上位に属する人間に生まれて良かったと思うのは、日本人のおおかたが従順な羊だという点だ。どれだけ不満があろうと現状を甘受する才能を有している。不服を唱える人を疎ましく感じるため日本人はデモをやりたがらない。デモをする人を煙たがる国民性がある。売れっ子の芸人がテレビで「デモなんかしても何も変わらない」と薄ら笑いで発言しているのを見ると、この国の芸の程度も知れたものだった。西洋の歴史からすると、コメディアンは体制や権威を小馬鹿にする恐るべき存在なのだが日本では違った。

ウェルベックかく語りき。〝人は自由など求めていない。敗北し、服従することが望みだ〟。ネットに散見する施政者を褒め称える無数のツイート。奴隷は自らの首輪の出来栄えを自慢したがる。滑稽なほどに。

しかし私はその考えを改めるべきかもしれないとこの頃になって思っていた。国内のあちこちでデモどころかテロが起こり、金持ちが血祭りに上げられていた。やっと見下されていることに気づき自己に目覚めたのかと感心した。

しかしそれは誤認だった。連中は「他者が暴動を起こしているから自分も同じことをする」にすぎなかった。しかも大半はこの期に及んでも、二世、三世、四世議員を殿様のように崇拝していた。自分の意思を持たず、盲目的に権力を崇める者は、私の味方も同然だ。

繰り返す。金持ちは金を持っているだけで存在する理由がある。財布の厚みは人間の厚みだ。愚民は小さな幸せにしがみ付き、モーツァルトを知らずに死んでいく。デリダも読まずに朽ちていく。以上の理由から私は貧乏人を軽蔑している。貧乏人など殺していい。富とは人格である。

そして貧乏人より殺していいのは、神や仏を信じている輩だ。3・11、新型コロナ、今回の食糧危機。それぞれこんなことが起きるまで、世界中のどの予言者も、占い師も告げなかった。連中はすべて役立たずだと何度も証明している。いまだに縋り付いている奴隷たち。ああ、やはり殺すしかない。殺人でしか癒やせない魂がある。

思えば、親はいつも私を褒めそやしてくれた。金持ちの子だから。私もまた無条件に親を尊敬した。金持ちだから。代々資産家の父は呆れかえるほどの金を所有していた。掃いて捨てようと燃やそうと、道ばたのホームレスやエチオピアの難民にひとり一億ずつ恵んでもまだ全財産の氷山の一角に過ぎなかった。それぐらい私の家の貯金箱の底は見えなかった。

いつだったか、私は父に訊ねたことがある。

「どうしてお父様の心は美しいのですか？」

父は真顔で答えた。

「金持ちだからだよ」

この世のすべての真理も悩みも金は解決してくれた。愛も死も平等も、その気になれば永遠の命も買えた。しかし贅沢など無意味と知り尽くしているからこそ金持ちは永遠になど興味を持たない。ゆえにカミュやサルトルを持ち出すまでもなく、人は自ら命を絶つ価値も資格もない。

幼かった頃、仔犬を飼った。たぶんチワワだったと思う。踏み潰してみた。仔犬は壊れた。母に次の仔犬をおねだりした。母は何も言わずに同じものを買ってくれた。その日のうちに私はプールに放り投げた。母はまた買ってくれた。私は次々と台無しにした。百回ぐらい繰り返したあたりで、私はようやく仔犬を大事にしようと思った。今なお、私ほど犬を可愛がる人類はいないと断言する。なにせ犬を飼うのはそれが最後だったのだから。

「お金がすべてなの。お金があれば人は幸せになれる。お金がない人に限って〝お金があっても幸せになれない〟って言う。お金があっても不幸な人は、お金が足りなかったの」

母は私への躾を、金と犬で完了させた。

私は成長すると古今東西の物語に触れた。登場人物のすべての悩みは金で解決できた。

一度でいいから貧乏人になってみたかった。金持ちは三日で慣れるが、貧乏は死んでも飽きなそうだ。父に「貧乏人になりたい」と申し出ると、父は怒ることもせず、「私だって、なりたいよ」と返した。この息子にしてこの父ありだ。

貧乏人の人生は一瞬だ。金持ちの人生は長い。まるで孤独な人のように。

私が孤独だって？

とんでもない。金があるじゃないか。金はあらん限りの力で私を抱きしめてくれる。妻や子どもより強く、うっとりするほどに。

それはそうと、仔犬の名前が思い出せない。一日として忘れられないのは、掃いて捨てても片付かない、呆れるほどの数の仔犬の死体だ。

33

扉を激しく叩く音がして、朴信日は豪奢な肘掛け椅子から玄関のほうを振り向いた。昨日から銃声が続いていたが積極的に無視していた。どうせ貧弱な下々が殺し合っているのだろう。女子どもの叫声が聞こえたが彼の関知するところではなかった。〝金持ち喧嘩せず〟というのは本当だ。費用対効果が悪いからだ。余計な関わり合いを持たないことが人生を快適に過ごすコツのようなものだと熟知していた。

「お願いです！　どなたかいらっしゃいますか！　いたら開けて下さい。助けて下さい！」

朴信日は無表情のまま、アルダー材で作られたアンティーク調の扉を見ていた。いくら叩こうがビクともしないほど扉は頑丈にできている。扉だけではない。先日の大地震でも、額縁ひとつ落ちることはなかった。いざとなったらセキュリティー・サービスに通報すればいい。迅速に小蠅を追い払ってくれるだろう。いや、その必要もないかもしれない。久し振りに狩りを堪能しようかと朴信日は考えた。これまでもガンマニアの朴信日は自分が所有する森でハンティングに興じてきた。兎やリスに飽き足らなくなると、標的を人間に変えた。その中には城に住み込みの下女も数人いた。女という生き物は最初のうちこそ粛々と控えめを装っていても、朴信日から性の施しを受けていくうち、厚遇に慣れて彼の威光を借り、自らも尊大な態度を取るようになる。そうなると朴信日は冷淡に切り替わる。「ちょっと面白い遊びをやろう」と女を森に誘い込む。出し抜けに銃を突きつけて全裸に剝き、裏庭の森へと放つ。

「三分経ったら追いかける」

状況を飲み込めない女がへらへらと薄ら笑いで反応するのが、朴信日のもっとも嫌うパターンだった。そんなときは足下に一発撃ち込んで、彼の持つ銃が本物であること、これは真剣なのだと知らせる必要があった。女はこの時点で泣きながら許しや翻意を懇願するが朴信日は冷酷無比に遊戯の執行を告げた。丸裸の女が森を懸命に駆ける。それはとても絵画的な光景だった。できれば長い時間見ていたいと朴信日は思った。しかし彼も必死だった。女が逃げ果せたとしても、上流階級に属する朴信日なら逮捕されることはない。けれどもその辺は真剣になってやる。そうでなければつまらない。大樹に隠れ、見失い、脱出に成功したかと不安に襲われるときほど朴信日がスリルを感じることはない。富豪によるゲーム。ようやく見つけ出し、生まれたままの姿で膝を折り、涙を流す女は崇高なほど美しかった。ヒッチコックは女優に常に悲鳴を上げさせてきた。女がもっとも美しく輝く瞬間だと信じていたからだ。朴信日は思う。あのデブ爺さんはなまっちょろいと。叫びなど前戯にもならない。美しい肢体を震わせて、泣きながら許しを乞う女。試しに肩を撃つ。血が噴き出してのたうち回る。苦悶の面貌。信じられないといったその表情。どんな名優もこの域に到達することはない。ああ、おまえはこの世でもっとも美しい。わかるか？　おまえはこの瞬間のために生まれてきた。できることならグレース・ケリーもBBもヘップバーンもこうしてやりたかった。次に脚を撃つ。三発目は儀式が弛まないためのカンフル剤のようなものだが、それでもとどめを刺す頃には飽きてしまっている。女の眉間に向けて引き金を弾く。魂の昇華を感じる。殺してよかったと心から感じる。はじめのうちはスコップで土を掘り、遺体を埋めていた。しかし屍体がどうにも汚くて、少し視界に入れただけで気分を害し、蹴飛ばしてやりたくなった。

——あんなに美しかったのに、どうしておまえはそんなに醜く変わり果ててしまったのだ——

そう叫びたくなるほどだった。どんな人でも脱糞にたいした違いはないのと同じことか？　そう考えると朴信日は得心がいった。というわけで、三人目以降は殺したら放置しておくことにした。禿鷲と狐がうまく処理してくれることもわかった。

先日は愛人以外の人間を射殺した。歌舞伎町《かぶきちょう》で働く風俗店の店長と風俗嬢がケバケバしい宣伝カーに乗ってはるばる東京から逃れてきたという。「この車ならかえって暴徒に襲われることもない」と、陰茎の垢が擬人化したような男が誇らしげに語った。「こんな城にあんたひとりで住んでいるのか。俺たちもいいだろ」と厚かましいことを言うので銃で脅して宣伝カーまで戻らせてから蟻を踏み潰すようにふたりを葬った。どうせ裏庭のジャングルは今後も進行するだろう。木を隠すなら森の中に。遺体を隠すのも同様。それに自分は二度と人に会わないと朴信日は決めていた。

34

「お願いです！　誰かいますか！　開けて下さい！　助けて下さい！」

見ず知らずの他者に対して慈悲を乞うのが貧乏人の悪いところだ。朴信日は机の上のコルトを背中に隠して扉を開けた。葉子と貴一が必死の形相で立っていた。

息が止まりそうになった。

朴信日は彼女の顔を見て、内心驚きを禁じ得なかった。

「バイカー集団に命を狙われています！　ジャングルを抜けて、じきにここまでやってきます！」

朴信日の表情は微塵も変わらなかった。葉子の切実さが伝わらなかったわけではなく、彼にはどうでもよいことだった。万が一のことがあっても死ぬだけだ。恐れることではない。ひとつ気がかりなのは、殺めた者が自分を見下すことだ。それは彼の矜持からいって許されざることだった。

「何人ぐらい、いる？」

思い出せないほど久し振りに声を発したため、うまく喋れなかった。喉がざらざらに乾いていた。

「百人はいるよ！」

貴一が答えるが、朴信日は葉子を見つめてしまう。驚きをひた隠す。彼の物思いを止めたのは葉子の痛切な声だった。

「私たちを匿ってもらえませんか？」

「匿う……？」

朴信日にはそれが卑怯な行為に思えた。この女は自分も一緒に身を潜めたほうがいいとでも言いたいのか。荒くれ者の連中より私が劣るとでも？　ここは自分がいかに金持ちであるか、資本力を実証すべきと彼は判断した。扉がバタンと閉まる。男は恐れるあまり見捨てたのだと葉子は思った。

「お願いします！　せめてこの子だけでも中に入れてあげて下さい！」

葉子は扉を叩いた。貴一の素っ頓狂な声に手が止まる。振り向くとＰＢＨの一員がジャングルのとば口から姿を現した。髪はモヒカンで、ありえないほど首が太く、筋骨隆々の上半身にサスペンダーをかけ、片手にトマホークを携えていた。

「みぃつけた〜」

下品に大きな舌を見せた。

貴一は思う。これはどこかで見たことがある。近所のおじさんが好きだった『北斗の拳』というむかしのマンガだ。核戦争後の文明が滅んだ世界で、無法者たちがのさばり、暴力がすべてを支配する世界にケンシロウが北斗神拳で悪者たちを退治する。しかしそれもマンガの中の世界だ。現実は悪人のみが力を持っている。優しいだけの善人は惨めに殺されるのだ。モヒカンがトマホークを投げつける。まるで脳味噌は存在せず、本能のみで生きているように見える。葉子と貴一は慌てて逃げる。トマホークが玄関の扉に刺さる。モヒカンがのっそりと扉まで歩を進める。トマホークを引き抜くとき、上腕が駱駝の瘤のように盛り上がった。モヒカンは貴一と目が合うと演技がかったように舌なめずりした。どう料理してやろうかとその目に書いてある。葉子と貴一の立つ位置はさっきまでモヒカンがいた位置と逆転して、ジャングルに背を向けていた。再びあの森林地獄に戻るしかないのか？　と貴一は思う。モヒカンはじりじりと間合いを詰めてくる。トマホークを持つ手を高く突き上げる。

そのときだった。玄関のドアがバターンと音を立てて開いた。モヒカンが振り返る。背中に大きな黒のリュックを背負った朴信日が立っていた。手には掃除機のホースのようなものが握られている。貴一には男の顔が勇敢にもいかつくもそして寂しそうにも見えた。モヒカンがトマホークを投げようとするやいなや、朴信日の持つホースから勢いよく炎が噴き出た。距離的にはモヒカンよりずっと後方にいた葉子と貴一だったが、大きなその火炎にわっと逃げた。赤黒い炎の渦がモヒカンを包み込む。見る見るうちにモヒカンは炎男になって声にならない声をあげながら右往左往して地べたに転がると、じたばたとしたのもつかの間、ぴくりとも動かなくなった。モヒカンが心臓の動きを止めた後も、すべて食い尽くそうとするかのように炎は生き生きと燃え続けた。倒れたモヒカンの上を炎が嬉々として躍っているように貴一には見えた。ふたりは火炎銃の威力に圧倒されて、しばらく口が利けなかった。朴信日だけが何もなかったような顔をしていた。

葉子は直感する。この男は、人を殺し慣れていると。

35

イツキがジャングルを抜けて洋風の城を見つけると、周辺に燃焼した物体が散在していた。鼻腔を殴るような異臭が一帯に立ち込めていた。

「イツキ!」

「ママ!」

葉子と貴一が駆けてくる。葉子はひしとイツキを抱きしめた。貴一も続く。イツキは葉子を抱き止めながら、片目は火炎銃を担いだ男を捉えていた。他にも正憲、芹沢の妻と娘、ノートリアス・アキコ、ほむほむコスプレのみけ、ベトナム人のトランがいた。

「もう会えないかと思った」

葉子が耳元で囁く。イツキは身体に白人女の匂いが付いていていないか、一夜の密事がバレないかと平静を装った。

「あの男は……？」

　とりあえず話を逸らした。

　朴信日は火炎銃をイッキに向けていた。隙あらば炎の餌食にしてやろうかという気構えを感じた。

　正憲が遅れてイッキのそばに寄ってくる。

「ぶぶぶ無事で良かったな。まあ、あああんたのことだから、だだ大丈夫だとは思っていたが」

　イッキの視線は朴信日に向けられたままだった。

「こここの城の主のようだ。さささっきから、ぴぴぴＰＢＨの連中が現れると、か火炎放射器で焼き殺しているんだ」

　正憲が顎でしゃくった先にはぷすぷすと煙を上げている、すでに男女の判別も付かない黒焦げの遺体が転がっていた。ノートリアス・アキコが大きな体を折り曲げて嘔吐している。いくら胃の中を吐き出そうと、少しも窶れて見えなかった。

　木々の葉がざわめく。その場にいる者たちの視線が集まる。姿を現したのは、革ジャンを着た、髪の長い少女だった。見たところ十代前半か。肌の色から日本人ではないことは明白だった。胸に毛糸でできた、手作りとはいえ拙く、薄汚れたぬいぐるみを抱いていた。困憊し切った顔でイッキたちを見るなり、ホッとしたように気を失って倒れた。朴信日が火炎銃を構える。

「やめて！」

　葉子が彼の前に立ちはだかる。即座に少女のもとに駆け寄った。

「ママ、助けるの。こいつ敵だよ」

　貴一が訊ねる。

葉子が眦を決する。

「そういう問題じゃない」

「どういう問題なの」

「この子の素性は知らない。だけどPBHに身を委ねる、やむにやまれぬ理由があったのかもしれない。貴一、あなただって連中の仲間入りをしていたかもしれない」

イツキが少女を抱き起こす。

「想像力を使いなさい」

葉子は貴一の目を見て伝えた。

朴信日はふたりのやりとりを見ていた。

イツキが少女を運ぶ。

「お願いです。この子を、お家で休ませてあげてもらえませんか」

葉子は朴信日に頼む。しばしの沈黙があった。朴信日は冷めた目で踵を返す。玄関に戻ると、自分だけ入って扉を閉めた。残された一同は呆然とした。

「おおい、おじさん。僕たちを中に入れてよ」

貴一が扉を叩きながら叫ぶ。ノートリアス・アキコが続く。

「ちょっとあんた、開けなさいよ」

彼らの怒鳴り声は朴信日の耳には届かなかった。

火炎放射器による害虫駆除は終了した。朴信日には造作も無い行為だった。問題はその後の懊悩だった。性処理を除けば、自分はもう人間と関わらないと決めていた。それなのに子どもを連れた名も無い女性の顔が頭にちらついて仕方がない。朴信日にとってそれは屈辱だった。テーブルにもたれワインをあおる。いくらボトルを空けても酔えなかった。相変わらず扉の外から呼ぶ声が鳴り止まない。

朴信日はもう我慢ならないとばかりに立ち上がると、誰もいない広い邸内を歩いていく。奥へと突き進み、小さな礼拝堂《カペレ》に入る。しばらく俯いていたが、顔を持ち上げると、至高の存在に向かってヘブライ語で叫んだ。

「俺を改心させてみろ！」

36

「お腹が減ったよー」

貴一が叫ぶ。

「ねえちょっと聞いてんの！　ワタシたちは幸運の使者なの。あんたツイてんのよ！」

ノートリアス・アキコが扉越しに喚く。空腹の苛立ちが高まるにつれ、扉を叩く音も大きくなっていった。

すると城の出窓から何かが降ってきた。ドサッと音がして落ちる。みんなで取り囲む。

「これ」

正憲が草っ原に落ちているそれを両手で拾い上げる。丸々一本のハムだった。

「こここここんなの、当たったらあああああ危ねえじゃねえか」

正憲の頭に何か当たった。驚いて飛び退く。クロワッサンが十個ほど足下に転がっていた。出窓を振り返ると、また何か降ってきた。

「危ない！」

みなは慌てて避ける。ペットボトルの水が複数本落ちてきた。コスプレのみけが憤慨する。

「何これ。私たちを物乞いとでも思ってるの」

「そそそ、それ以下だろ」

イツキがナイフでハムを切って、みなに分けた。

「美味い！」

「パンもイケるよ」

「あいつグルマンだな」

胃袋が満たされる。

「しょうがないわね。ＰＢＨの連中も追い払えたようだし、ちょっとここで休んでく？」

「ショウガナイネ」

ノートリアス・アキコとベトナム人のトランの視線の先には、丸焦げの遺体が幾つも転がっていた。

食べ終えてとりあえず落ち着くと、葉子と貴一は城をぐるっと回ることにした。

改めて大きな城だった。いちばん高い塔が見張り台。城壁の上は凸凹の細工が施されている。鋸壁と呼ぶ。外敵から身を隠しながら攻撃できる仕組みだ。

「見てあれ」

貴一が指差す。堀と石造りの跳ね橋が見える。こちらがこの城の玄関口だ。さっきまで城の住人が出入りしていた扉も大きかったが、これと比べれば勝手口だったことがわかる。

番人の詰め所である城門塔の前を過ぎる。古めかしい石垣のところどころに苔が生し、一部は草に覆われていた。城の周りを一周するのに十分近くかかった。どこかに非常ドアらしき扉はないかと探ったが見当たらなかった。

葉子と貴一は元いた場所に戻った。イツキをはじめ、みなが揃っていた。

「ど、どうだった？」

正憲が訊ねる。

「ここ、『ポッンと一軒家』に出たことないのかな」

貴一が答えた。

「開ーけろ！　開ーけろ！」

ノートリアス・アキコはひとりでシュプレヒコールを繰り返していたが、いいかげん喉が痛くなってきたのでやめた。

イツキは横向きに寝転がりながら、緑の若葉を嚙む。城の住人について考えていた。

もしあの男が自分たちを邪魔だと思うなら、ＰＢＨ同様、火炎放射器でとっくに焼き殺しているはずだ。連中と自分たちを明確に分けるものがあるのだろう。

今はまだ扉を開けないが、自分たちの味方になるのではないかという甘い期待がある。おそらくそうだ。あの男はいま逡巡の最中にある。恵田町に着いたが、この大人数で姉のところに駆け込んでもどう扱われるかわからない。もう少しここで粘ってみてもいいかもしれない。それに死のジャングルを抜けて、さすがに疲れ切っていた。

夕暮れがそこまで迫っていた。

「天候は悪くない。食糧もある。きょうはここで野宿にするか」

「そうね、さすがに疲れた」

葉子は髪の長い少女を傍らに置いて、叢に横たえた。緑の匂いがして心地良かった。ノートリアス・アキコが言う。

「思うんだけど、城の男、籠城してるんじゃなくて？」

「おおおお俺たちが、閉め出されてるんじゃなくて、あの男を、ほほほ包囲しているってことか」

真夜中にＰＢＨがやってくるかもしれない。でもそうなったら城の中のあの怖い目をした男がまた扉を開けて追い払ってくれるのではないかと、貴一は考えながら眠りについた。

芹沢未亡人と娘が寄り添う。自分たちを苦しめてきたものから逃れたふたりにとって、今の環境は苦にはならなかった。満月の光がふたりを優しく包む。

そうして一同は朝まで過ごした。

37

囁く声がした。葉子は目を細める。ジャングルの向こうの漆黒が平らに感じられた。

「おまえに用がある」

声の主が誰なのか、すぐにわかった。

きっとあの男は来る。葉子の予感は当たった。他の者たちに気付かれないよう、そろそろと起き上がろうとする。髪の長い少女が葉子の手首を握った。夜目に少女の青い目が怯えの色を滲ませている。葉子は、大丈夫と少女の背中を摩った。

城の中に足を踏み入れた。中は暗かった。突然強い明かりが灯る。サーチライトだった。

朴信日の顔が浮かぶ。憔悴しきった顔をしていた。しかし油断はできない。朴信日の手にはライフルが握られていた。

葉子は一歩も引かず、朴信日を睨みつけた。彼もその視線から目を逸らさない。

その目は悲しそうにも、困惑しているようにも映った。

実際のところ、朴信日は葉子を招き入れたはいいが、何を訊いたらいいのかわからなかった。乾いた喉を絞り出す。

「名前は」

葉子は答えた。

「好きなように付けなさい」

葉子にとっては自らを奮い立たせての抵抗だったが、朴信日は心から吃驚した。姿形だけではない。気性の激しさまで似ているのか。この女は「Resurrection」なのか。そんなはずはない。古今東西の神話において、霊や獣が愛しい者になりすまし、主人公を幻惑してきた。昼間こそ彼女に頼まれて、考えもなしに助けていた。しかし騙されてなるものか。引き金を弾けば、腐った骸が露わになるに違いない。

朴信日は銃口を葉子の心臓に向けつつ、意を決して言い放った。

「脱げ」

葉子は驚かなかった。それぐらいの覚悟はしていた。しかし男の前で裸になるのはいつ以来のことか。それより恥ずかしさを感じるのは昨日から風呂に入っていないことだ。古民家を出て以来、雨に打たれ、泥と汗にまみれても、同じブラウスを着ている。下着も同じだ。着替えはジャングルの中にバッグごと放り投げてきた。少しでも動きやすいようにと穿いてきたパンツとスニーカーには血がこびり付いている。

それでも葉子にはこの状況下で選択肢はなかった。彼女は音もなく、一枚一枚脱ぎ捨てていった。神から見てもそれは荘厳な儀式のように見えただろう。

葉子は一糸まとわぬ姿になった。

朴信日は葉子の全身を不躾に凝視した。細い首、鎖骨の動き、掌にすっぽりと入るようにデザインされた乳房、乳首のサイズ、乳輪の色、年輪を経てほどよく脂が乗ってきた脇腹、縦に刻まれた臍。美しい。そこから下も、何もかも似ていた。

「ぐるっと回れ」

背中から腰にかけての流線形なライン。丸みを帯びて誘発する尻。何もかも同じ。こんなことがあっていいのか。

葉子はこのような辱めを受けながらも、名前も知らない男を信じるような気持ちがあった。この男は気高い。自分の矜恃をその手で汚すようなことはしないだろうと。

「その手をどけろ」

朴信日が震える声で命じる。葉子は命綱のような気持ちでそこを隠していた。

「どけるんだ」

葉子はそっと、そこから手をどけた。

朴信日は穴が空くほど見る。鼠径部からの茂みと窪み。懐かしささえ漂わせていた。

葉子も見つめられて、熱いものがこみ上げてくる。

すでにスラックスの盛り上がりが突き破らんとするほど膨らんでいることが彼女にもわかった。

「これを着るんだ」

いつ傍らに用意していたのか、朴信日は葉子の足下に女性の服を放った。黒のワンピースだった。手にすると、すぐに高級な素材だとわかった。身体のラインが出るようにタイトなデザインで、着られるか少し不安だったが、測ったようにぴったりだった。

朴信日と目が合う。彼は自分をこの世のものではないもののように見つめていた。泣き顔を懸命に堪えている。私は、この男が愛した人にひどく似ている。そしてこの服は、愛した人が着ていたものなのだろう。説明を受けたわけではない。しかし葉子にもことの次第が飲み込めた。

葉子が安堵にも似たものを感じたとき、朴信日はとんでもない命令を彼女に下した。

「放尿しろ」

葉子は身じろぐ。

「ここで……？」

葉子の膝が少し折れかけたのを見て、朴信日は慌てて制した。

「待て」

言うや朴信日は仰向けに横たわった。

「ここだ」

朴信日の真剣そのものの顔を見ても、葉子はすぐに理解できなかった。朴信日も葉子が困惑しているのは手に取るようにわかった。彼がかつて愛した者も、初めてのときは同じように躊躇いの色を隠さなかった。

朴信日は一喝した。

「跨がれ。私の顔の上に、跨がるんだ」

命令口調でありながら、切なる嘆願の響きがあった。葉子は決意した。濡れないようにと、スニーカーを脱ぐ。そんなときも靴を揃えておく葉子に、朴信日はたまらなく好感を抱いたが、それでもまだ銃口は葉子のほうを向いていた。心からの信用を得てはいなかった。

「お願いがあります」

「何だ」

「目を開けないで下さい」

「わかった」

「本当ですか」

「わかったと言ってるじゃないか！」

朴信日は駄々っ子のように身を捩らせた。

言いつけを守る子どものように、朴信日が痛くなるほど固く目を閉じているのを確認すると、葉子はスカートの部分をたくし上げて、おそるおそる彼の顔に跨がった。優雅な小山がふたつ円を描く。

葉子は和式便所で用を足す要領で、放尿に備えた。しかし普段なら容易にできることができなかった。出るものが出なかった。

葉子の焦りを察したのか、朴信日は「いくらでも待つ」と呟いた。彼はこの期に及んでも葉子との誓いを守り、瞼を薄く開けるに踏み留まった。

朴信日は自然と荒くなる呼吸を整えるよう心がけた。それでも興奮から漏れ出た吐息が葉子の大切な箇所をそっと撫でると、葉子は「ひいっ」と短く叫び、反射的に彼の顔から飛び退いた。

「すまない、わざとじゃない！」

朴信日はライフルを傍らに置いて葉子に詫びる。目の前で宝が逃げていかないように必死だった。

「お願いだ。息を止めるから」

そんなことができるわけはないと知っていながら、葉子は観念したように頷く。朴信日は、ありがとうと、心からの礼を伝えた。

朴信日は仰向けに戻る。もはやライフルはその手に握られていなかった。葉子は彼の顔の上に再び跨がる。朴信日と目が合わぬようスカートを膝の辺りに戻す。

そのときを待った。


葉子はイツキと出会うまで趣味の変わった男と出会ってきた。年齢より幼く見えた彼女に、女子高生の制服をねだる男が複数人いた。もちろんそれだけではない。

社会人になりたての頃、会社の上司が鞭を預け、尻を叩いてほしいと懇願してきた。葉子も若かったため、男の性を不思議に思いつつ、そうした変態行為を楽しんできた節がある。

イッキも似たような破廉恥行為を求めてきたことがある。付き合いだして日が浅い頃のこと。葉子のスカートの下を何も着けさせずに、真夜中に散歩をさせた。六本木の公園で秘部に埋め込まれたローターを遠隔操作した。立っていられなくなってベンチに座り込むと男がやってきて、具合が悪いのですかと声をかけた。いいえ大丈夫ですと答えるや否や、イッキがいたずらにローターの振動を強にした。

朴信日が幸運だったのは、葉子がこうした行為に免疫があったことだ。

しかし彼女には放尿に集中できない理由があった。

昼間に城を一周した際、貴一がおしっこをしたいと言うので、適切な場所を探しに行った。思春期に差し掛かろうとしているため、親に見られたくないらしい。葉子もひとりになると、途端に便意を感じた。さっと木陰に隠れて、取るものもとりあえずパンツを下ろした。思いのほか大きな音を立てた放屁が誰かに聞こえないか不安だった。空気を破くような音に自分でも驚いた。気まぐれな風が尻を撫でる。持ち合わせの紙がなかったので手元の葉っぱで肛門を拭った。拭き切れていないことは承知で、急いでパンツを穿いた。

そのことが朴信日に露見しないか、葉子は気がかりだった。しかも口惜しいことに女陰は湿り気を帯びている。それも気付かれたくなかった。

そしてそれはきた。「出ます」と葉子が告げると、朴信日は意識を集中させた。

プシュと音を立て、それが噴き出した。小便が朴信日の顔面を直撃する。口を狙っていたはずが、初めてのことなので何処に当たるか目測がつかめず、朴信日の目や鼻に降り懸かった。

「ぐはっ」

朴信日がたまらず悶える。葉子の小便がちゃんと口に来るよう、体勢を直した。なおも居丈高に、しかし懇願口調で叫んだ。

「た、頼む！　『おまえは人間便器だ！』と詰ってくれ」

葉子も今となっては恥ずかしさより打ち震える悦びが勝る。朴信日の要求に応えた。

「おまえは人間便器だ！　生きている価値のない、人間便器だ！」

ありがたきや姫の咆吼に、朴信日のペニスはあわや暴発寸前だ。

いまだ香ばしい臭気を放つ菊肛に伝う黄金水まで、朴信日は喉を鳴らしてがぶ飲みした。人肌のため、時折湯気が立った。

葉子も初めてながらこうした聖水プレイに寄り添う才能を見せた。彼女は朴信日が悦びそうな言葉をアドリブで選んだ。

「一滴も零すんじゃないよ」

「はいっ、わかっております」

朴信日は返答しつつ噎せたため、鼻腔がアンモニアで充満した。目に尿が入って痛い。しかしそれは他でもない、生の証明だった。

なおも尿道口から激しく迸る。溜め込んだ小便は長く続いた。無理な体勢から葉子の膝が震える。もはやここまでと彼女の全体重が朴信日の顔面にのしかかる。所謂顔面騎乗だ。びちょびちょに潤って、葉子の肛門が朴信日の鼻頭に滑り込んだ。至福のときだった。

「김영애《キム・ヨンエ》――――！」

朴信日が亡くなった妻の名を叫ぶ。その瞬間、彼は人生で最高の絶頂を迎えた。

葉子が尻を上げると、朴信日の顔面は小便と涙と鼻水と愛液でドロドロになっていた。昼間の毅然としたものはない。あらゆる人格が崩壊したかのように見える。

スラックス越しの盛り上がりはビクビクと脈を打っていた。

38

早朝、大きな扉が開かれた。

イッキと正憲が城の中に足を踏み入れる。感嘆の声が上がった。

吹き抜けの高い天井と純金のシャンデリア。壁には聖書から引用された荘厳な人物画と美しい装飾の数々。まるでヨーロッパの伝統ある教会に迷い込んだかのようだ。思わず声を失った。正憲はそろそろと長椅子に腰を下ろした。その長椅子も、かなりのアンティークで、値打ちがありそうに見えた。

少し離れた場所で、朴信日が城の主として起立している。

「入っていいのね？　いきなり火を撃たないでよ」

ノートリアス・アキコが朴信日に訊ねる。彼は知らん顔をした。

アキコは訝しがりつつ城の玄関を潜る。その豪奢な内装に、おおっと声を上げた。葉子と貴一と少女が最後に城に足を踏み入れた。

葉子は素知らぬふりをしつつ、朴信日を盗み見た。

夜明け前、一連の行為の後、葉子は急いで服を身につけて、床を掃除した。朴信日にも手伝って欲しかったが、彼は射精後、死んだように眠っていた。失神していたのかもしれない。どこからか探してきた雑巾を手に床に這いつくばる葉子の尻を、朴信日は寝たふりをして眺めた。おかしな話だが、そのとき開城を決めた。

葉子はそっと外に戻った。幾つもの寝息が聞こえたが、少女は起きて待っていた。傍らには薄汚れたぬいぐるみがあった。葉子は彼女を抱きしめた。

朴信日は昨日までの彼のように振る舞っていた。葉子は噴き出しそうになる。プライドの高い男ほど情けない姿とのギャップが可笑しい。

城内を見渡す。昨日はサーチライトほどの明るさだったため、今朝は中の様子がはっきりと見渡せた。

「壁の画、エルカナとハンナ、それとサムエルですか」

急に訊かれて、朴信日は不意を突かれる。

「わかるのか」

「私、大学の専攻がキリスト教でしたから」

朴信日は見透かされたような気になって、途端に横を向いた。まるで女を知らない小童のようだった。葉子が再び訊ねる。

「どうして洋風の城に住んでいるのですか」

「私は美しいものが好きだ」

朴信日は彼女の目を見ずに答えた。

「おおおよそ千年前、ししし城は戦時において、よよよ要塞を兼ねていたことが、よよよよくわかるな」

「そこまで古くはないでしょ。アンティーク風に見せているだけで。案外新築なんじゃない？」

ノートリアス・アキコがツッこむ。

「おおお俺はたとえ話をしているんだ」

正憲はロココ調のソファに身を委ねながら、興奮気味に城内を見渡した。靴と靴下を脱ぎ捨て、手すりの手彫りの彫刻に足の裏を擦らせる。

「お行儀が悪いよ」

貴一が注意する。

「キキキーチ、モノっていうのはな、ににに人間が使ってナンボなんだ。おおお俺がこうやってこの椅子を愛でていることを、つつつ作った人も喜んでいると思うぞ」

そこに朴信日が近づいてきた。正憲はお構いなしにソファにふんぞり返った。朴信日は正憲を見て、こう言った。

「大事に扱ってやってくれ。そのソファはイギリスの王室から譲り受けたものだ」

正憲はそろそろとソファに正座した。

葉子は少女の顔を拭く（水場がどこにあるかわかっていた）。貴一もそばに付いていた。朴信日が横を通っていく。貴一はそっと彼を見やる。

——この人は昨日、ＰＢＨだけでなく僕たちも焼き殺そうとした。こころに凍て付いたものを感じていた。なのに今朝は違う。

朴信日は貴一の心を覗くことなく、そばを通り過ぎていった。

貴一は知っている。誰も気付いていないだろうが、葉子ママと城の男がよそよそしいと。

朴信日は玄関を閉めた。城内に生存者が揃った。イッキ、葉子、貴一、少女、正憲、ノートリアス・アキコ、芹沢未亡人、その娘、トラン、みけ。全員で十一人だった。

「たとえ今後狼藉者が現れても、黒焦げの仲間を目にすれば、わざわざこの城の扉をノックすることもあるまい」

貴一が階段を駆け上がっていく。姿が見えなくなり、遠くから声が聞こえる。

「凄いよ！　上も広い。部屋がいっぱいある！」

「貴一！」

葉子は朴信日の前で大きな声を出し、母親の顔を見せたことが恥ずかしくなり、頬を赤らめる。

「どどうして、俺たちを」

正憲が当然の疑問を訊ねる。

「気が変わった」

朴信日がぼそっと、誰に言うでもないように呟く。

「客室は余っている」

それは朴信日にしても意外な言葉だった。モリエールではないが人間ぎらいの彼にとって、言語を発する生き物はすべからく距離を置くべき対象だった。ニーチェが提唱した遠人愛のことを考えながら、朴信日は自身でも思ってもみなかった言葉を続けてみた。

「部屋にシャワーが付いている。ディナーは私が用意する」

39

各々はシャワーを浴びてリラックスした後、十五平方メートルある化粧室に備え付けられたシルクのローブを身にまとい、食堂に集まった。ナプキンと皿と蠟燭と燭台が規則的に配置された、長い一列のテーブルに各自腰をつける。昨日までのジャングルが嘘のようだ。汗と埃にまみれ、いつ殺されてもおかしくなかった。ひょっとしたら本当は死んでしまって、天国で晩餐会を催しているのではないか？　と、トランは考えた。

朴信日がコックコートを身に纏っている。滑稽な感じだった。子どもたちに無農薬のジュースを配る。

「こんな広い家にひとりで住んでいるのですか」

葉子が訊ねる。明るいところでノーメイクで、内心は恥ずかしかった。

「手伝いには暇を出した」

朴信日はワインを注いで回った。イツキはワイングラスを小さく回して香りを味わった。正憲がくんくんと匂いを嗅ぐ。ほむほむコスプレでないとただの地味な女に戻ったみけも怪訝な面持ちだ。こちらもすっかりただのおじさんに戻ったノートリアス・アキコが目を閉じて香りを味わう。

「これさ、お高いでしょう……？」

「気にするな」

朴信日が芹沢未亡人にワインをつぐ。貴一が椅子から立ち上がり、朴信日のワインのラベルを覗く。

「外国のワインみたい。アルファベットで、R、O、MAN、EE、これはC？　ONTI、だって」

大人たちが響めく。

「1945って書いてあるよ」

朴信日は乾杯のポーズを取った。それにつられて、各人がおそるおそる口に含んだ。貴一が大きな声をあげる。

「検索したら出てきた！　このワイン、いちじゅうひゃくせん……ゼロが八つ。その上に五！」

正憲が吐き出しそうになるのを堪えた。葉子と芹沢未亡人は青ざめた。朴信日だけが平静を装っていた。

「おおおい、おお俺たちゃ金ねえぞ！」

「期待してない」

貴一が大人たちに訊ねる。

「美味しい？　このワイン、世界に七本しかないんだって」

正憲はワイングラスをテーブルに置いた。朴信日が言う。

「かまわず飲め。うちにあと六本ある」

「給仕さん、もう一杯いただこうか」

イツキがねだる。朴信日はふふんとグラスに注ぐ。イツキはひと口で飲み干す。

「悪くないな。マヂカル☆がぶがぶハイパーミックスはないのか」

朴信日は怪訝な顔になる。

「酒はここに置いておく。適当にやっててくれ」

壁には見るからにヴィンテージのワインがずらりと並ぶ。

正憲がノートリアス・アキコとぼそぼそ話す。

「なあ、俺たちキツネに化かされてるのかな」

「そうじゃなきゃタヌキ？」

「目が覚めたら、原っぱで寝ているのかな」

「ジャングルじゃなきゃいいわ」

「それにしても……」

正憲は高い天井に吊されたシャンデリアを見上げる。広い空間と、壁に飾られた絵画を見渡す。

「この家はいったい、どうなってんだ」

「あの男といい、浮世離れしてるわね」

「ふん。金持ちなんて、みんな殺していいんだ」

「ねえあんた、アルコールが入ると吃音が消えるの!?」

朴信日は調理場に引っ込むと手際よく、料理を作り始めた。連中がシャワーを浴びていた時間からオーブンの掃除と下拵えは済ませていた。腹を空かせているだろうという彼に似合わぬ配慮が働き、初っ端からメインディッシュを出していくことにした。食材は冷凍モノが多いが、業務用の解凍機を使った。どれも最高級のものだ。パリに留学時、習得したレシピで連中を驚かせてやろうと朴信日は意気込んだ。

「おなかすいた。まだかなあ」

貴一が呟く。

「おーい、まだか」

「何でもいいから出せー」

赤ら顔の正憲とアキコが大声で喚く。

芹沢未亡人が娘と静かに話していた。イッキが声をかける。

「旦那、残念だったな」

「あ、はい」

イッキとしては型に囚われない慰めの言葉をかけたつもりだったが未亡人は戸惑った。

「みなさんに、主人がご迷惑をおかけしました」

イッキは、その言葉を見逃さなかった。

「あんたは奴隷でもペットでもないんだ。〝主人〟なんてやめたほうがいいぜ」

「すいません」

「謝る必要はない。飲もう」

葉子は自分の隣に座らせていた、名も無き少女に声をかけた。

「まだ聞いていなかったね。あなた、名前は？」

少女は答えない。長い髪は濡れて、薄い頬に張り付いていた。隣の席にぬいぐるみをちょこんと座らせている。風呂上がりで、ぬいぐるみも綺麗になっていたが、片目のボタンはほどけて無かった。少女は自分のジュースには手を付けずに、時折ぬいぐるみの口元にストローをあてて、飲ませるような形を取った。

葉子が少女の耳元に囁く。

「おばさんに、話せることない？」

少女はゆっくりと葉子のほうを見た。大きな青い目をしていた。小さな顔にツンと上を向いた鼻。そばかすの肌。ふくよかな赤い唇。物憂げな表情ひとつでも、大人の階段を上り始めていることがわかった。葉子はその目に引き寄せられそうになる。

朴信日のワゴンが到着した。

「お待たせしたかな」

「したよ！」

「じゃんじゃん食わせてくれ」

朴信日は各人の前に皿を置いた。誰もが皿の上にあるものに目を凝らした。菊の花を散らした綿菓子の下に緑の葉っぱが敷かれている。手のひらに載りそうなほどのサイズだった。

「なんだこりゃ」

「牡蠣とパセリのエスプーマ、マイクロクレソンとマイクロ葱とナスタチウムに、一口サイズの鹿肉の煮込みとジャガイモのピュレを重ねた。上に被せてあるのは豚皮のクラッカーと小菊だ。最高のビジュアルだろう。まずは目で食べてほしい」

朴信日が説明を終える前に、正憲とアキコはひと口で食べ終えていた。

「早く次を持ってこい。凝ったものでなくていいからさ」

「シンプルなのでいいのよ。お米炊いてくれない？」

「あと生卵と醤油。ＴＫＧにする。味噌汁も。インスタントでいいから！」

正憲とアキコの反応に朴信日は面食らう。彼の人生でこんな図々しい者たちに会ったことがなかった。他の者たちを窺うと、やはり微妙な顔をしている。見所があると踏んでいた葉子さえ、もぐもぐと神妙な顔をしている。貴一も、芹沢未亡人も娘も、ＰＢＨの少女も、つまらなそうな顔で口に運んでいる。

「ＷＡＩＴ＆ＳＥＥ。次は腰を抜かすぞ」

朴信日は厨房に引っ込んだ。

「米だって言ってんだろ！」

「焼酎はないか！」

朴信日は一考して大きな冷蔵庫から次の食材を探す。ドイツのリープヘルに特注した高性能の冷蔵庫の内部を眺め、片頬を持ち上げる。

「これなら連中の舌でもわかるだろう」

朴信日は程なくして戻ってきた。ワゴンの上はみずみずしいピンク色に黒点が彩られている。朴信日はそれを人数分、硝子のサラダボウルに取り分ける。

「これは何だ」

「まさか」

朴信日は正憲とアキコの質問に答える。

「スイカだ」

「スイカ！」

子どもたちから華やいだ声が上がる。正憲とアキコは即座にむしゃぶりついた。

「すげえな。食糧危機になってからというもの果物は超高級食材で、生きているうちに食えることはないとあきらめていたぜ」

朴信日は得意の表情だ。

「うちの中庭ではスイカの他に、メロンとブドウを栽培している」

「大将おかわり！」

「ところでスイカに付いていた黒い点は何だ。種かと思って気にせず食っちまったが」

朴信日は涼しい顔で答える。

「沙蚕《ごかい》だ。スイカと沙蚕のサラダ。お気に召したようで」

正憲とアキコの顔が固まる。

「沙蚕って、釣りに使う、餌の？」

「そうだ」

朴信日が優雅に微笑む。

「てめえふざけるな！」

正憲とアキコがボウルを投げる。朴信日の背面でボウルが割れる。

「あのボウルはエルメスのリミテッドだぞ」

「知るか！」

「もうちょっとマシなものを作り直してこい！」

「金持ちなんて皆殺し！」

朴信日は本気で首をひねる。物心ついた頃からヨーロッパの社交界を絢爛闊歩し、三つ星レストランでしか食事をしてこなかった彼には、市井の味覚がわからなかった。しかも下々から駄目を出されるなど、屈辱を通り越して当惑の極みだった。

食に関しては健啖家だった祖父の影響が大きい。「これまでいちばん美味かった食い物はフランスで山をひとつ焼いて、そこからちょうど火加減がいいのを選んだ野生の鹿」などと語る大人《たいじん》だった。「四億で競り落としたマグロの頬肉だけ食べて他は棄てた」「親交があるエスコフィエ以外は料理人と呼ばない」とも語っていた。その祖父に、店で食べたものはすべて家で再現できるよう仕込まれた。スプーンひとさじの違いも朴信日には容易に判別できた。野菜の切り方からソースの作り方まで、一流の料理人に師事してきた。朴信日は名だたる一流レストランからシェフとして声をかけられたがすべて辞退した。腐るほど金を持つ彼が見知らぬ他者のためにあくせくと飯炊きをするなどありえないことだった。なのにそれがいま、巡り巡って思わぬ奇縁に苛まれている。

注文の多い客人に、朴信日は考え込む。

いっそ毒でも混ぜてやろうか。連中の最後の晩餐にしてやろうか。

どうせ奴らは味のわからぬ下等動物。焼け死ぬか、口から血を吐いて死ぬかだ。そこまで考えた。それを踏み留まらせたのは、在りし日の祖父の言葉だった。

「自然界を正しくきちっと見る目と、自然の摂理を見る目、それに時代を経てきた古典を読み取る力がないと料理は組み立てられない。フランス料理ひとつ取っても、伝統フランス料理と言われる宮廷料理と、地方料理と家庭料理は異なる。日本料理もそうだ。精進料理、懐石料理、会席料理、本膳料理、やはり全部違う。だから、その料理ができた背景、社会をしっかり見ないで作り方だけを学ぶのは、画集を買って絵の勉強をするようなもので、ただの真似に過ぎない。その人間がどう生きてきたか、その生きた時代がどうだったかを見る目がないと、今の時代の料理とは言えない。すべては食べる人あっての料理だということを忘れるな」

こんな美味いものを食べたことはないだろう。驚かしてやろうという思いがすべて裏目に出た。それはすべて自分の押し付けだった。ならば彼らの出自やこれまでの育ちを慮り、なおかつここの土地を生かした料理を提供するべきではないか。

朴信日は三度冷蔵庫の扉を開けた。

40

「どうせいつ死ぬかわからないんだ。それなら生きてる間、酒ぐらい飲ませろってんだ」

ノートリアス・アキコがワインを手酌でやる。

「アニキ、同感だよ」

正憲が自分のグラスをアキコのグラスに重ねる。小気味いい音が鳴る。アキコがきょとんとした顔になる。

「おじさん、ワタシより年上だろ?」

そこにトイレに行っていた、みけが血相を変えて戻ってくる。

「見てこれ! 見てこれ!」

　みけが手にしていたのは、グレーと白を基調とした制服とプリーツスカート、そしてリボンタイだった。

「ほむほむのコスプレがあったの！」

「どこに」

「いやちょっと暇だったから、他の部屋を覗いてたらこれが」

　みけが腕の中の衣装を見つめる。

「ここに来るまで着ていたヤツはどうした」

　みけがゆっくり首を横に振る。

「ボロボロになっちゃった」

「じゃあそれ着ろよ」

「着たいんでしょう？　着れば？」

　正憲とアキコが言う。

「え、でも勝手にダメでしょ」

「五億のワインをふるまう奴が怒るわけないだろ」

「そ、そうかな」

　そのコスプレは、かつてこの城の三代目の住み込みお手伝いの私物で、朴信日に殺された後放置されたままのものだった。

「着ちゃえ、着ちゃえ」

「そ、そうする」

みけは服の上からコスプレを羽織る。鏡を覗く。涙が溢れそうになる。

「やっぱり、私似合う……！」

そのやりとりを無視して、貴一が葉子に言う。

「ポテチチャーハン食べたいな」

芹沢の娘がおずおずと話に加わる。

「チキンラーメンサラダは？」

「からあげクン！」

「たこ焼きもいいよね」

とてもチャーミングな笑顔だった。

酔ったノートリアス・アキコがイッキにからむ。

「あんたがジャングルでワタシを盾にしたこと、一生忘れないからね」

イッキはフフフンと笑う。さっきから居心地が良かった。自分でも不思議だった。この城に辿り着くまでの殺伐とした緊張感は、ひとつのテーブルですっかり雲散霧消していた。それがイッキにいつになく軽口を叩かせることになったのかもしれない。

「わたしは」

イッキはワイングラスを掲げる。

「あんたみたいなタイプが好きだ」

そしてアキコのグラスに乾杯した。

アキコは呆気に取られる。

「おい、顔が赤いぞ」

正憲にツッこまれてアキコが狼狽える。

「酔ってんの！」

そこに朴信日がワゴンを滑らせてくる。大鍋の蓋を開けると、醤油と関西おだしの香しい匂いがわっと食堂に立ち込めて、瞬時に胃袋を刺激する。玉筋魚、鮃、真子鰈に、大根と人参の煮物だった。

「ほーいいじゃないか」

「こういうのでいいんだよ、こういうので」

わがままな客人たちから歓声が上がる。朴信日は煮物を魯《ろ》山人《さんじん》の器に取り分けた。

「ケチケチしないでドンと出せ」

正憲とアキコは器に盛られると同時に掻き込む。

「美味い……！」

「最高！」

他の者たちも舌鼓を打った。朴信日は満足げにその様子を眺める。

「おかわりをくれ」

「私も！」

朴信日は次々とよそっていく。誰もがおかわりをねだった。

「おまえたちに感謝すべきかもしれない。私は自分の腕前を過信し、饗宴を強要していたようだ。それに生まれて初めて貧民を憐れむことができた。ストラディバリウスを聴いたことがない者にヴァイオリンの素晴らしさを説くことはできない。おまえたちは貧民ゆえにジャンクフードしか食べてこなかった。それを責めることができるだろうか」

「なんか難しいことを言ってよくわからないけど、とにかく反省しているんだな」

「いい心がけだ」

正憲とアキコが青黒檀の箸で朴信日を指す。朴信日が続ける。

「料理には食べる人と食べられるもののバックボーンとヒストリーが浮かび上がる。どんなに最高峰とされる料理でも、子どもの頃に食べていなければ舌が追いつかない。それに何にでも相性というものがある。諸君らの素性は知らないし、個々に違うのだろう。ならばこちらとしては、こちらで用意できる、ここでしか手に入らない、ここの土地を生かしたものを最高の形でプレゼンテーションすればいい。そう気付いたのだ」

「おかわり」

「ワタシも」

「あんたたちばかり食べてないで、子どもたちの分も考えて」

みけが正憲とアキコを叱る。朴信日が口を挟む。

「これならいくらでも作ってやる」

「そんなに材料があるのか」

朴信日が頷く。

「先日の大地震があった後、ここら一帯の漁場が水揚げを再開してもどこも買い取らなかった。偽善を憎む私だが、ふふふ、私にも慈悲の心があるとはね。いや、気まぐれと呼んだほうがいいのかもしれない。最寄りの港が閉鎖したら困るので、漁民の言い値ですべて買い取った」

アキコの手が止まる。

「まさか、これ。ここら一帯の漁場ってあんた言ったけど……作業員が、海に流されたんだよね、たしか」

「言っただろう、そこの港で捕れた魚だ」

アキコの声が震える。他の者たちの顔色もさっと変わる。

「玉筋魚、鮃、真子鰈って、海の底にいる魚だよ」

葉子が、貴一と、少女の箸を止める。芹沢未亡人も娘を制した。みけにおいては皿に嘔吐した。

正憲が一喝する。

「腹に入ったら同じだ。こいつが精魂込めて作ってくれたものを、俺はいただくぜ」

イッキは平気な顔で箸を進めている。

トランも涼しい顔だ。高額な学費を払うため、牛と畑を売ってはるばる日本に来たものの、コロナによって生活ができなくなり、ベトナムに強制送還の命が下った。それを拒否して国内を転々としながら豚を殺したり農作物を盗んだりして生き延びてきた彼にとって、人間を喰った魚など、怖がるに値しなかった。

「ボクタチノカラダニイレルコトデ、ジョウブツシテモラオウ」

朴信日は椅子に腰掛ける。

「スーザン・ソンタークかく語りき。〝すべての悲惨や不幸は、より大いなる善に導くものとして、さもなければその犠牲者がまったく正当にうけるいわれのある適正な罰として、見なされなければならない〟」

「あんた、さっきからだけど、もうちょっとこっちのレベルに合わせた会話にしてくれない？」

アキコが話しても、朴信日は目を伏せている。

「一九六〇年代の終わり、ここら一帯の第三階級のために、原子力発電所が建設された。おかげで貧乏人は糊口を凌ぐことができた。そして東京の下々も発電所のおかげで夜も快適に、一層奴隷として働けるようになった」

「おい」

正憲が声をあげた。

「おまえも電気ぐらい使うだろう」

「全館エアクリーナー。放射線九十九%カット」

「怪しい魚を食わせておきながら、その感覚がわからない」

朴信日は軽く嘆息する。

「私の家は代々、貧乏人から搾取する貴族階級に生きてきた。それは現代においても変わらない。この森の反対側に、原発の施設内に置くことができなくなったトリチウム水の保管タンクがある。うちの土地を貸している。その賃貸料だけで年に五億。私が稼いだ額と比べたら、はした金だ」

「仕事は何？」

貴一が訊く。

「長年、生物学の研究をしていた。その発明が買い取られて、ジェフ・ベゾスの百倍金持ちになった」

葉子が訊ねる。今こそ訊くときだと直感が働いた。

「御家族は」

「死んだ」

空虚の城に、沈黙が降った。

「二〇一一年三月十一日に」

41

書庫に朴信日はひとりで佇んでいた。気配を感じて振り向くと、葉子が立っていた。朴信日は頷いたように見えた。葉子が囁いた。

「私たち、無神経な言葉であなたを傷つけていなかった?」

朴信日の表情は変わらない。

「わかっている。私はいま、柳田國男《やなぎたくにお》言うところの〝説くに忍びざる孤立感〟にいることを」

嘘だった。見知らぬ者たちと卓を囲んだ際、悪くない居心地を感じていた。遠い遠いむかし、似たようなことがあった気がした。朴信日は素直になれないままひっそり祈った。

沈黙が続いた。この静寂を葉子は嫌いではなかったが、彼女はそれを振り払うように声を立ててみる。

「ご家族の写真は」

「私の心の中にある」

「ご友人は？」

「お察しの通り、変人なので無人だ」

朴信日の背中の窓から白くちらつくものが見える。雪だった。

昼は灼熱のジャングル。夜は北国の雪。暦の上では七月。ちぐはぐな世界。そして朴信日への思い。自分の中のアンビバレンツな感情を葉子は持て余した。

雪は瞬く間に積もり、黒焦げの遺体を隠していく。朴信日も外を眺めている。ほつれた糸を指に絡ませるように、葉子が話を続ける。

「『マクベス』の魔女の言葉を思い出しました。〝きれいはきたない、きたないはきれい〟」

朴信日は笑みを浮かべる。昨夜の行為がふたりの脳裏を掠める。葉子には彼の微笑がどことなく悲しげに見える。

本来なら自分は都合のいい性処理を強要されたと怒って然るべきだ。なのにそう簡単にフェミ脳に切り替わらなかった。あれは排泄ではなく、慈愛に満ちたものだった。

葉子は考える。誰が私に石をぶつけるだろう。

窓の外では貴一と芹沢の娘が雪をぶつけ合っていた。ＰＢＨの少女の視線に気付いて貴一が、城の中から彼女の手を曳いて、外に連れ出す。少女は初めのうち戸惑っていたものの雪を投げ合っていくうち、子どもらしい白い歯を見せる。葉子の中で何かがとけていく。

「ママもおいでよ」

葉子と目があった貴一が彼女を誘う。葉子は笑みを見せる。

「私は宗教を勉強する一方で、生物学も学んでいました。学生の頃、いや、ひょっとしたら今も考えています。私たちは進化しているだろうかと」

　唐突な問いかけに朴信日は黙り込む。

「秩序を作り、壊れて、失くして……」

　葉子の言葉は続かない。顔を上げると、朴信日がはにかんでいる。

「メランコリックな気分かな」

　葉子は作り笑いに努める。朴信日が彼女の言葉を引き継ぐ。

「人類とはそういうものかもしれない。しかし個体発生は系統発生を繰り返す」

「ヘッケルですね」と葉子が返した。

「でも精神的飛躍を信じたいじゃないですか」

「ベルクソン」

　朴信日が返した。ふたりはシャイな笑みを浮かべる。

　そこにドタドタと足音を立てて貴一がやってくる。

「ママ、雪合戦しようよ」

　貴一は、葉子と朴信日の間に流れる空気を感じ取る。

「どうしたの」

　貴一が訊ねると、葉子は母親の顔に戻った。

「エラン・ヴィタールについて話していたの。貴一も大人になったら読んでね」

「そこにある」

　朴信日が鴻大な本棚を指さした。まるでこの世のすべての深淵な謎へと導くかのように。

葉子は本棚の中に朴信日の著作を見つける。

ふと手にとる。タイトルは『自然工学の再建築』とある。

葉子はページをぱらぱらと捲る。専門書すぎてついていけない。カバーの袖に若き日の朴信日の近影があった。とても希望に満ちた表情で、いまとは別人のようだった。

「これ、あなた?」

朴信日が本をひったくる。慌てた表情が人間らしくて葉子にはおかしい。

しかし朴信日が狼狽したのは他に理由があった。彼は著作を背後に隠した。まるで世界から消そうとするように。

朴信日は葉子の微笑みに合わせた。引き攣った笑顔でこの場をごまかそうとした。

内心、考える。

——本当のことはまだ言えない。しかしそう遠くない日に、この城の秘密をすべて話すときが来るだろう。

何事もなかったように貴一と話す葉子を見つめながら、朴信日は考えた。

第四部 壁の向こうへ

42

イツキと彼らは朴信日の城で過ごし、英気を養った。美食も徐々に舌に慣れて、ありものの武器で腕を磨き、たまに現れるＰＢＨの残党を練習台にした。悪党はよく燃えた。つかの間の休暇だった。

トリチウム水の保管タンクの向こうに恵田町がある。イツキは単身で偵察に赴いた。竜子山《たつごやま》の頂から目撃したものは驚愕の一語だった。

恵田町に壁が築かれていた。

しかも壁の内外には装甲車と、およそ百人の武装警官が配置されている。次から次へと人を山盛りに乗せた大型トラックが壁の中に運び込まれていく。多くの者がぐったりとして、中には死人も積まれていた。荷台から駆け下りて脱走を試みた者は即座に射殺され、手際よく、無慈悲に壁は閉まった。その奥には何があるのか、窺い知れない。

イツキは城に戻ると、自分が見たものをありのまま話した。誰もが狐につままれたような顔をした。

「あの中で何が行われているのか。マスコミは報道しているのだろうか」

「新聞とテレビはもちろん、恵田町で検索しても出てこないね」

「誰か書き込んでも国が即座に消しているんじゃないかな」

貴一がスマホを片手に答える。朴信日は断言する。

「二〇一四年に施行された特定秘密保護法のせいだろう。そうなるとマスコミが恵田町のことを取り上げた時点で逮捕。媒体は潰される。緊急事態宣言が発令されているため、記者がスマホを所持していたら即射殺許可が出ている」

ＰＢＨの少女が膝に載せたノーパソを巧みに操る。以前のような怯えた目はない。長い髪にも艶が戻っている。シャワーの後は必ず葉子が時間をかけて櫛を通していた。

「コレダトオモウ」

少女のノーパソに人が群がる。貴一は密かに彼女のシャンプーの匂いを嗅ぐ。葉子はそれに気付いている。

「さささすがデジタルネイティブだな」

正憲の軽口は、画面に記された恐るべき文言により掻き消された。


江でん町（このテキストが発見され次第、行政に即座に削除される恐れがあるため意図的に誤変換にしておく）に連れて行かれたのは十八日のことだった。家で寝ていたところ扉を激しく叩かれて起こされた。時計を見たら朝の五時半だった。ドアを開けると武装した警官五人が立っていた。

「内乱罪の疑いで連行する」

有無を言わせぬ口調だった。私は何のことかわからない、人違いではないかと主張したが、腕尽くで連れて行かれた。パジャマのままだった。親兄弟、職場のウェブ編集部にも連絡させてもらえなかった。パトカーの中で私は身に覚えがない、説明してほしい、弁護士を呼びたいと伝えたが、彼らは口を閉ざした。

私が江でん町の取材を開始してから三週間が経過していた。その間、町に巨大な壁が築かれた。ウイルスにより食糧危機の時代を迎え、文明社会が崩壊し、秩序が乱れ、一般市民は腹癒せに〝腐遊層〟を血祭りにあげた。しかしそうした暴動も以前に比べて減った。御存知のように警察が取り締まりを強化するようになったからだ。自衛隊が出動し、警告なしで発砲、多数の死者を出していた。マスコミの世論調査によると「自衛隊による暴動鎮圧を支持する」が八割を超えた。政府による数字の操作ではない。大衆（サイレント・マジョリティー）は強い政府、強い軍を自らに同一化させた。

政府は一連の暴動を機に、平和的なデモさえ禁じた。だけでなく、共謀罪を適用し、以前から公安がマークしていた組織、団体、ジャーナリストといった個人――つまり私――も次々と逮捕していった。けれども全国の留置所・拘置所・刑務所には定員がある。そこで国は一石二鳥のプランを閃いた。先日の大地震で××原子力発電所の作業員が百人、海に流されたと発表したが、実際は三千人を超えている。そのため生じた人手不足をここで解消させようと考えた。

第二次世界大戦においてドイツはユダヤ人を強制収容所にかき集めた。命を落とした犠牲者の数は百万人を超える。日本政府はまるで世界史の暗部と競うように、湯水のごとく原発に人を送り込んだ。山積していた諸問題の多くは圧倒的な数の力業で解決させた。

それでも難題は残った。千基を超える巨大タンクに貯蔵していたトリチウム水の処分方法だ。希釈して海に放出するやり方に近隣漁業団体から反対の声が上がっていた。どうにかして「処理」できないか。

江でん町の現町長、タカギジュリが国に妙案を提示した。

町にトリチウム水処理専門の作業所を建設したのだ（それにより国から江でん町に落ちる金は莫大だ）。そしてそこで、ここに書くことも忍びない、生きた人間を研究主体とした科学調査が行われているというのだ。名目は犯罪者の矯正と加療。「ルドヴィコ療法」と呼ばれた。

つまり、「江でんの壁」の中は、強制労働所であり、人体実験場なのだ。

私にリークしたのは、この作業所で監視する側の人間だった。良心の呵責に耐えきれず、巡り巡って私と知己を得て、取材にあたった矢先での逮捕だった。

このテキストが世間に出回る頃、私はこの世にいないだろう。日本のほとんどのマスコミは国の側に立ち、この情報を得ようとも公にすることはできない。残るは一般市民に託すしかない。どうか世界にこのことを発信して頂きたい。

これは他人事ではない。この国の未来は、このテキストを読んだあなたに掛かっている。

一同は声を失った。個々の殺人を犯してきた彼らでさえ、国の大規模な殺戮行為の前では卑小なものに感じた。

正憲とアキコが話す。

「つつつくづく恐ろしいな、そ、その恵田町の町長は。血も涙もない」

「現代のアイヒマンね。名前からして女のようだけど」

葉子がイッキを見つめる。その目は険しい。

朴信日が敏感に感じ取る。

「どうした……？」

イッキは静かに息を吐く。そうして観念したように呟いた。

「恵田町の町長タカギジュリは、わたしの双子の姉だ」

43

強い母親に育てられた。母親は姉とわたしを厳しく育てた。服、髪型、読む本、テレビ番組、ちょっとした小物、友だち選びまで母親が決めた。

料理上手で、毎食完璧な食卓だった。自分は大きくなってもこんな食事は作れないと思った。母親は既製の服ではなく、生地屋に足を運び、型紙を作って子どもの服を縫った。ふたりとも同じ服を着せられた。

「女の子はやっぱりピンクが似合うわ」

姉はいつも服を汚して帰ってきた。

母親のことを、頭がいい女性で尊敬していた。大きくなったら母親のような女性になりたいと思っていた。

しかし姉は、わたしと違うように考えていた。いつも母親の悪口ばかり唱えていた。わたしにも、自分と同じ、大きな不満を持っていると思っていたようだ。

「わたしが、あんたを守ってあげるよ」

姉は抱きしめてくれた。今なお、あんな抱擁は他にないと思う。


高校時代、反逆児になったわたしは、母の圏外から逃れることに必死だった。一方、姉は勉強しか取り柄がないような人で、極めて従順になっていた。姉がテストで九十九点を取っても、残りの一点を取れなかったことを母は責めた。

姉は母に褒めてもらうため、学業以外でもトップを目指した。書道三段。柔道二段、合気道二段、剣道三段。合わせて十段が彼女の自慢だった。

わたしが学校をドロップアウトすると、母親の関心は専ら姉に注がれた。

姉は東京大学に進学した。あの母がよく許したものだと思う。

時代が変わり、「女にも教育を」と世間が言い出したからか。それとも、能力が高い姉に自分の生き直しを求めたのか。

母の叱咤は続いた。姉がキャリア官僚になっても褒めることはしなかった。

その母が死んだ。わたしたちが二十四歳のときだった。見えない糸が切れた。姉は体調を崩した。

主人を失った奴隷は首輪を外すことなく、恵田町に戻ってひたすら喪に服した。

しばらくして姉は地元の役所に転任した。そこで東京の中央の省を繋ぐパイプになった。

彼女は解き放たれた。警視庁のキャリアと結婚し、子どもを産んだ。職場に復帰すると、3・11以降、傷ついた郷里を励ますため、町の昂揚ポスターを二種類作成した。爺と婆、父と母、その子どもたちが寄り添って笑顔を見せている。そこに大きなキャッチコピーを載せた。

〝私たち、恵田人、日本人〟

〝恵田町、どんどん住みやすくなっていくね！〟

この、度を超して間が抜けた、戦慄が走るほど凡庸を極めたポスターは、所謂保守系から好評を博した。勉強がいくらできようと、男より優れていようと、正当な評価を得なかった姉にとって、この成功体験は甘美なものだった。この後、姉はビジュアル的に映えていたことから町長に推薦された。

当選してブログを立ち上げると、恵田町の復興をアピールした。彼女の名を世間に知らしめたのはそのブログの第一回だった。

〝もはや3・11後ではない〟

恵田町は政権から最大の援助金を取り付けた。再びマグニチュード9の震災が起きてもビクともしない最新型の原子力発電所を建設すると約束された。

マスコミは総出で姉を叩いた。姉は、「もし不快に思われた方がいたのなら遺憾に思う」と、発言の撤回も謝罪もしなかった。タカギジュリの悪名は世間に大きく轟いた。現代において手っ取り早く有名になる方法は、有名人と不倫をするか、差別的な言動を吐くかだが、姉は後者を取った。

世間がいくら攻撃しようと、政権の中枢が自分を大きく評価していると耳にして自信を深めた。姉は老舗の論壇誌で連載を持った。タイトルは「大和撫子かく語りき」。

毎回こんな調子だった。

〝ゲイやレズは子孫を残さないことを、世間に対して申し訳なく生きるべきである〟

〝子どもを持たない夫婦に、未子税を導入すべき〟

〝母でなければ女ではない〟

〝初めて夫の姓で呼ばれ、「私は結婚したのか」と思い、頬を赤らめる。こういうのが幸せな結婚というのだと思う。夫の姓を名乗りたくないと言っている人に限って不幸せに見えるのは気のせいだろうか〟

〝音楽に政治を持ち込むな。国会に政治を持ち込むな〟

〝政権を批判してもあなたの生活は何も変わらない〟

〝そんなに日本が嫌なら、この国から出ていきなさい〟

〝政治に不服があるなら、あなたが総理大臣になりなさい〟

「国民に主権がある」といった考えは大きな間違い〟

〝日本は神武《じんむ》天皇以来、二千六百年続く、伝統と歴史がある国〟

〝生物学的に見ても、日本人は世界でいちばん優秀な遺伝子だと海外の学者たちが認めています〟

〝一九四五年八月十五日は敗戦ではなく終戦。無条件降伏を信じている人は非国民です〟

オピニオンが幼稚であるほどネットは炎上した。特に次の主張は反響を呼び、テレビのニュースでも大きく取り上げられた。

〝多くの犠牲のおかげで現在の繁栄があります。御国のために命を捧げることは日本人の最大の美徳です。それに反対する人は日本人ではありません〟

連載は一時中断した。バッシングの嵐の中、支持する人たちもいた。女優を妻に持つコピーライターが遠回しに援護ツイートした。

〝おくにのわるぐちをいうひとはきっとバチがあたるんだろうなあ〟

ウヨ曲折あったが、連載が再開された。

〝何度でも言います。国のために命を投げ出すとき、魂はもっとも光り輝く〟

〝国家はひとつの家族です〟

〝朝日新聞で働く人は全員中国人か朝鮮人の血が流れています〟

〝「愛と平和」を唱える人は反逆罪です〟

〝貧乏人に告ぐ。貧乏をやめなさい〟

最終的に論壇誌は休刊に追い込まれた。「左翼が言論を弾圧した」と差別主義者たちは騒ぎ立てた。それにしても姉は充実した日々を過ごしただろう。声高に「日本回帰」を叫ぶという安上がりな方法論で、目上の男たちから頭を撫でられたのだから。それは姉にとって母の死後、代用された「新しい統治者」ではなかったか。

姉の意見が過激で、平等の視点から大きくかけ離れているほど、所謂良識派が嘆く一方で、政権は黙認することで是とした。姉はこうして男が支配する国で、名誉男性の称号を得た。「反乱軍の最終処分場として好きに使って下さい」と姉が恵田町を差し出したのは必然だったかもしれない。

そして告白すべきだろう。わたしは姉の行動に、密かに親和性を感じていた。自分でも驚くほど。

44

またしてもマグニチュード9・0の大地震が日本を襲った。新たな震源地は東京都千代田区《ちよだ》。衆議院の予算委員会が行われていた国会議事堂は崩壊し、総理大臣をはじめとする閣僚、与党と野党の理事と委員、官僚などの百人超を下敷きにした。生存者はゼロだった。

世間はニュースに沸いた。みけが呟く。

「たまにはいいこともなきゃね」

それを聞いて、横にいたアキコが大笑いした。

二〇一一年の地震の際、制震ダンパーにより倒壊を免れた高層ビルも、今回は土台から真っ二つに折れた。9・11テロを思わせるようなビル崩壊が相次いだ。やれFBIの仕業だ、ユダヤが関与しているなどと、ネットは陰謀論で溢れた。

お台場《だいば》の観覧車が転がってフジテレビ本社を直撃した。レインボーブリッジは津波によって崩落。渋谷《しぶや》は地形的に谷のため、破裂した無数の水道管から滝のように水が流れ込み、近隣の川が溢れ、駅を中心にしたすり鉢状の地帯が水没した。追い打ちをかけるように台風が直撃し、スクランブルスクエアは七階まで水没、街ごと機能停止に陥った。ノアの箱船は来なかった。

命からがら生き延びた者たちは、避難場所の靖國神社を本拠地にして、お得意の朝鮮人狩りに汗を流した。

地震発生から一週間で、確認できただけでも、建築物の全壊・半壊はおよそ二百万戸。避難者は三百万人。死者・行方不明者は五十万人。

東京は廃墟と化した。3・11のとき、高みの見物を決め込んでいた東京近郊の民は、今回ばかりは阿鼻叫喚の悲鳴もあげられず彷徨った。日本だけではない。ニューヨークもパリもロンドンもソウルも北京もシンガポールもドバイも災害により都市として体をなさなくなっていた。WHOによると、世界の人口のおよそ二割が減少したという。

葉子は気の毒に思いつつも東京を離れた選択が間違っていなかったことに胸を撫で下ろした。

しかしイツキは急き立てられているような気がした。


朴信日は資本家の力にモノを言わせて、「恵田の壁」の内部で何が行われているのか、調べ上げた。朴信日は驚愕のレポートを読み上げた。

「逮捕された容疑者は恵田町に送還されると、従順な者は核施設で労働を強いる。転向しない者は重篤患者であると認定し、矯正することにした。その治療法としてトリチウム水を飲ませているという。トリチウムとは早い話、処分できなくなった放射性物質だが、タカギジュリは施設長に、トリチウム水を患者たちに飲ませたり、タンクの中を泳がせたりするよう命じた。そうして身体にどんな異常が現れるか計測しろという。紛うことなく人体実験だが、怯む施設長に対して、タカギジュリはこう主張したそうだ。

〝社会で使えなくなった人間を有効に再利用してこそ社会のあり方。お国のために身を捨て、後世に語られれば、彼らも本望でしょう〟」

一同は黙り込んだ。城が沈黙に包まれた。

静寂は携帯電話の呼び出し音によって破られた。イッキのスマホだった。

見知らぬ電話番号だった。

「もしもし、わたしだ。……そうだよ、ジュリ」

その場にいた者がみんな彼女の電話を見守った。

「久し振りに会おう」

45

ヘリコプターの羽音が近づいてくる。電話から十五分後、ジュリの行動は早かった。

こちらの住所は伝えなかったのに、当たり前のように城の前にヘリコプターが横付けされた。あちらは何もかも掌握済みなのだろうと、イッキは思った。

城を出るとき、一同がイッキを見送った。

葉子、貴一、正憲、ノートリアス・アキコ、芹沢未亡人と娘、ほむほむコスプレのみけ、ベトナム人のトラン、朴信日、元PBHの少女とぬいぐるみ（葉子が目のボタンをふたつ縫った）が不安そうな面持ちでイッキを見る。

よく見ると、正憲と芹沢未亡人の距離が近かった。いつの間にとイッキは思う。

イッキは正憲と力強い握手をかわす。言葉はいらなかった。

葉子がイッキの胸に飛び込む。

「約束して。生きて帰ってくるって」

先手を打たれた気がした。「愛していると言って」

イツキは聞こえなかったふりをして、ゆっくりと彼女を体から離す。

乗り込んだヘリコプターが浮上する。城が小さくなっていく。

入念なボディチェックの後、護衛に囲まれながら幾つもの複雑な通路を潜った。

執務室と書かれた部屋の前に立った。

「お連れしました」

中に入る。タカギジュリがいた。イツキと瓜二つ。違うのは髪型と、（やや近眼の症状が年齢より早いものの）両目が健在なことと、政治家らしいパワースーツを着こなしていたことだ。どんな名門私立の学校の入学式でもここまで戦闘能力の高さを発揮する母親はいないだろう。

イツキはたじろいだ。彼女の知る、血を分けた姉ではなかった。自ら茨の道を突き進み、世間のバッシングに耐性がつき、鋼のメンタルを修得したジュリは、イツキとは別の修羅場を潜ってきたことがわかった。堂々たる風格を身に付けている。

権力は人を作る。永田町《ながたちょう》を見ろ。政治家の家に生まれてきただけの無芸大食が官僚とマスコミと支持母体と圧力団体に揉まれて、やがて総理の座に就く。ならばあの母の娘に生まれたジュリはどうだ。次の知事選、もしくは衆議院選に出馬も噂されているだけのことはあると思った。

「大事な話になる。わたしと妹だけにしてくれ」

護衛は速やかに去った。イツキは部屋を見渡す。広い空間に、貴族的なデスクと応接セット。もちろん傍らには旭日旗が掲揚されている。壁には恵田町を中心にした大きな地図。書道三段のジュリによる「希望」と揮毫された書。イツキが知っている、いかにもジュリらしくシンプルにアレンジした部屋だった。

書棚の整理は母親譲り。根深く母の匂いがする。おそらく自宅の台所の配置や食器の置き方にも同様のものが見て取れるだろう。

ふたりは向かい合った。

「イツキ」

「ジュリ」

ひしと抱き合った。互いを労うような、十五年ぶりの抱擁だった。

ジュリはイツキを見つめて言う。

「これからのことを話そう」

ジュリはソファに座るよう促した。ビストロジャグにふんだんに氷を入れた水をイツキと自分のグラスに注ぐ。グラスはバカラだった。

小さなテーブルを挟んで、ジュリは改めて、イツキの眼帯に見入る。

「目はどうした」

「名誉の負傷だ」

「医者に診てもらったか。東京の大学病院を紹介するぞ」

「ありがとう。いいんだ」

ジュリは鼻から息を抜いた。

イツキは内心驚きを隠せなかった。この妙な優しさは何だ。社会的地位に就いたことで人格が変わったのだろうか。

「小さな町の長とはいえ、日本中から注目されてくたびれるだろう。世間で騒がれているテキストも読んだ。中にはガセもあるだろうからひとつひとつ真偽を問うことはしないが」

数々の差別発言と囚人への虐待行為を責めることはしなかった。無益な殺生を重ねてきた自分にそんな資格はないとイツキは思っていた。しかしジュリはすぐに弁解めいた言葉を吐いた。

「わかるだろう、イツキ。女性の地位が低いこの国で、女が名前を売ろうと思ったら、あのような言動が一番手っ取り早い。保守というより時代錯誤。見識ではなくただの差別。わたしだけではない。中央の女性議員もみんなやっている。おかげさまでガラスの天井を突き破り、名誉男性の称号を得られるというものだ。ところで、なんできょう連絡を取ったかわかるか」

ジュリの問いにイツキは黙考する。カレンダーの日付を見る。

「きょうは久佐葉幹子《みきこ》の命日だ」

忘れたふりをしても、忘れるわけがなかった。

「母が亡くなってどれぐらいになるか。厳しい人だったが、今となっては何もかも懐かしい」

「本気で言っているのか」

イツキはすぐに食い付いた。百歩譲って一連のアイヒマン行為には目を瞑ろう。しかし感傷を持ってあの頃のことを是とするのは、黙っていられなかった。

イツキはたまらず吐き捨てる。

「わたしは、あの女を毎日心で殺している」

そのときだった。書棚の隠し扉が音もなく開いて、腐った屍が姿を見せた。

「……あいかわらずだね、イッキ。おまえというをんなは」

イッキとジュリ、ふたりの母親である久佐葉幹子が現れた。

46

イッキの目の前には目も鼻も口も耳もドロドロに溶解して朽ちた肉塊が大きな壁のように立ち塞がった。全身が緑色のため巨大なガマガエルのように見えなくもない。しかし彼女は平静だった。自分に言い聞かせる。これは、幻影だ。

ジュリは立て板に水のごとく続けた。

「わたしは久佐葉幹子の娘であり、忠実な生徒であり、良き理解者であり、信奉者だ」

即座に嘔吐で返さない自分は何て忍耐強いのだろうとイッキは思った。

「わたしはあいつの犠牲者だ」

ジュリは小さく笑った。

「イッキ、わたしは謝りたい。いくら仕事にかまけていたとはいえ、この世に血を分けた肉親と長い間連絡を取らなかったことを。言い訳だと知っている。しかしこの擾乱でも、イッキ、おまえなら生き延びると信じていた。なぜならわたしたちはあの母親の娘なのだから」

イッキの表情は変わらない。まるで鉄仮面のように。

「気にするな。連絡を取らなかったのはわたしも同じだ。知っているだろう。姉妹とはいえ人に頼るのはわたしの性分じゃない」

ジュリは薄く頷く。

「これからは残されたもの同士、仲良くやっていこう。密に連絡を取っていこうじゃないか」

「そうだな」

「わたしは結婚して子どもがひとり。娘がいる。女の親になって、つくづく距離感の難しさを思い知る。夫は、つまらない男だ」

ジュリはわかりやすいため息をつく。

「自分も母親になってつくづくわかった。母性本能なんて幻想。そうだろう？　世界の歴史書に、良妻賢母について書かれた文献が存在したか？　まるで昔から母性本能があるかのように信じられている。男にとって都合がいい嘘だ、あんなの」

イツキはジュリの御説を拝聴した。

「わたしはパートナーと息子がひとり」

「そうか、可愛いだろうな」

ジュリの率直な言い方が、皮肉めいたものに感じられた。

「おや、じつのあねにも〝パートナー〟とごまかすのかい。〝つま〟といえばいいじゃないかい」

母親が横で口を挟んできたが、聞こえないふりをした。

「東京は棄てた。城が当座の住まいだ」

「朴信日博士のところだそうだな。あの風変わりな男の城なら、衣食住には困らないだろう」

「金しかない城だ」

イツキは立ち上がる。

「疲れた」

「もう帰るのか」

ジュリの声に心残りの色はない。すぐに帰りのヘリコプターの手配をした。

その間、イツキは鏡の女と目が合った。ジュリと話をしながら、この女の目は狂気に満ちてもう戻らないと密かに思った。しかし他人のことは言えない。元に戻らないのはわたしも同じだ。

大人になってもよく鏡で遊んだ。いや、遊びではなかった。鏡の中の女が自分と違う動きをしないか。注意深く窺う。もし違う動きを見せたら、鏡の中の女はわたしとは違う人格で、わたしと違う生を享けていると思える。しかし鏡の中の女は正確無比にイツキと同じ動きを見せた。それがイツキには理不尽に感じた。鏡を割ってやろうか。そうしたら鏡の中の女は永久にこの中に閉じ込められる。慌ててこちらまで手を伸ばしてくるだろうか。それとも閉じ込められるのはこちらの方か。

気付けば真剣な遊戯は長い時間がかかった。

窓から強制収容所が一望できた。原子力発電所で、防護服のない者たちが大勢働かされていた。山のようなフレコンバッグ。トリチウム水のプール。自分も多くの地獄を見てきたつもりだが、ここと比べたら生ぬるいと感じた。芥川龍之介《あくたがわりゅうのすけ》は「人生は地獄より地獄的である」と書いたが、彼が生きていたらこの光景を何と描写するか、墓から引き摺り出してこいと、イツキは意味もなく毒づきたくなった。

執務室を出る間際、ジュリはイツキの目を見て訊ねた。

「あのことを覚えているか」

イツキはすぐにその問いの真意を悟り、真っ直ぐに見つめて返した。

「忘れた日などないと言ったら、嘘になるだろう」

ジュリは視線を逸らさない。

「また会おう」

イッキはその声に応えずに、執務室を後にした。グラスの水には手を付けなかった。


上空のヘリコプターでイッキは考える。

これがドラマなら、同じ母親に躾けられた者同士で孤独を分かち合うのだろう。そうはならなかった。十五年ぶりの再会は互いに心がすれ違った。

双子はナチュラル・クローン。お互いに何を考えているか手に取るようにわかる。

何が「女性の地位が低いこの国で、女が名前を売ろうと思ったら、あのような言動が一番手っ取り早い」だ。女が嫌いなミソジニーのくせに。あの女の言っていることはすべておためごかしだ。取り繕いだ。自分の衝動に正直なだけ。つまりわたしと同じだ。あちらも同じことを思っているはずだ。城に戻ったらとりあえずシモンズのベッドに身を沈めたい。

しかしイッキの願いは叶わなかった。

「降りろ」

ヘリコプターが着陸した。操縦士が告げる。イッキが抵抗しようとすると両脇の男が扉を開けて外に突き飛ばした。ヘリコプターは大きな羽音を立てて去って行く。イッキは顔を上げる。そこでは大勢の収容者が無慈悲に働かされていた。映画で観た、現代では許されるはずもない強制労働所の中心に彼女は立っていた。

抜かっていた。双子とはいえ別の人格を持った他人。どうして奴の計画を見抜けなかったのか。イッキは自分を奸計に嵌めた首謀者の名を叫んだ。

「ジュリ――――!」

看守がやってきて、イッキを背後から殴り倒した。

彼女が運ばれた先は、「恵田の壁」の中だった。

47

オレはレイプの神様。レイプをやるために生まれてきた。

初めてのレイプは小学四年生。放課後に担任の五十男を犯した。なぜそんなことをしたのかわからない。明るくて声が大きい、生徒に人気の教師だった。でもハゲていたしデブだったし、オレはあんなおっさんのことなど少しも好きではなかった。

その日も一緒に帰ろうと誰も誘ってくれなかった。夕日の差し込む教室に残っていたオレに担任は労りの言葉をかけてきた。友だちがいないことを彼は知っていた。家に帰ってもひとりだからオレは自分の意思で教室に留まっていたのに、勝手に憐れむ担任にカッときたのかもしれない。オレが襲いかかると担任は短く叫んだ。同業者と結婚して子どもがふたりいる担任は、まさか自分の息子より幼い子どもが犯しにかかってくるとは思わなかっただろう。オレは安物のスラックスを無理矢理脱がし、穴の位置はわからなかったがとりあえずぶち込んだ。教師はそっちは初めてだったようだ。終わった後泣いていた。

理由なんかない。衝動だった。ただ挿れてみたかっただけ。

次の日から担任は学校に来なくなった。オレを慮ったのか。恥辱を口にできなかったのか。けれどもあのときオレを告発してくれたら、今よりましな道を歩めたかもしれないのに。

小五を皮切りに俺のレイプライフは開幕した。真夜中に自転車を走らせて人通りの少ない裏通りを目指した。昼間に念入りにロケハンを完了させていた。レイプに求められるものは度胸だ。これと狙った獲物は絶対に逃さない。力尽くで押し倒し、抵抗する場合は容赦なく殴り、時には首を絞めて気を失った後にぶち込む。とにかく大きな声を叫ばせないこと。手短に済ませること。同じ場所では二度やらない。大事なのはそれだけ。

中学を卒業《で》ると全国をレイプして回った。「日本レイプ紀行」だ。上は腰の曲がった老婆から下は男子の幼稚園児まで。ヤクザの親分からシスターまで。一日一姦を目標にした。見窄らしいオレを嗤ったのが運のツキ。あとを尾けてドアの鍵を開けたと同時に押し入り、ドロドロの精液で汚辱した。金がなくて腹が減っていたらアパートに招き、炊きたてのご飯を食べさせてくれた御礼にレイプした。オレのモットーは「愛を恫喝で示す」。名前も顔もない人たち、思い出すこともない。

オレもこの歳まで生きてきたから女の心は多少なりとも知っているつもりだ。

女の一部にはレイプ願望がある。自慰行為のネタにすることもある。

しかし本当のレイプは死んでも嫌だ。これは処女ではなく、手練のソープ嬢でも同じだ。なのにオレはレイプをする。レイプは女の心を踏み躙る、最低最悪の犯罪だ。だから捕まったときは反省した素振りを見せる。演技ではない。被害者がその後心療内科に通い、結婚相手とセックスができなくなり離婚して、仕事中にもフラッシュバックして具合が悪くなり、退職して金が無くなり落ち込んで手首を切ったなどという調書を聞かされると、自分は何て酷いことをしたのだろうと涙を流す。「もうしません」とかたく誓う。「サマー・オブ・レイプ」は終わりだ。なのに裁判で職業を問われると、「無職」ではなく「手籠めのＫｅｎです」と口から出るのは嘘がつけない正直者か、それとも悲しい性なのか。

娑婆と刑務所を行き来するオレにあるとき医師がこう言った。

「この人は病気です」

息が止まりそうになった。

「治療しましょう」

この世にはお人好しがいくらでもいる。オレに炊きたての飯を差し出してくれた三十路の女のように。あのときの味噌汁の味を思い出す。オレは叫んだ。

「そうなんです、ボクのレイプは一種の自傷行為なんです！」

ムショのセラピーに参加した。円になり、みんな神妙な顔で自らの罪を語る。

「義母を犯した」

「実の娘を六歳の頃から犯してきた」

白人もいた。

「友人の男の子にイタズラし続けてきた」

そいつは後に罪の意識に耐えかねて首を吊ったと聞いている。

どいつもこいつも反吐が出た。生きている価値がない奴らだった。

「子どもの頃、近所の男に声をかけられたのが始まりだった。『あのネコ可愛いね。一緒に捕まえよう』。自分もその男と同じぐらいの歳になった頃、同じことをやるようになっていた。種を植え付けられた。不幸の連鎖になる種を」

言うやそいつは泣いた。でも俺は見抜いていた。話しながら勃起していることを。

オレの番が回ってきた。共感してもらえることを言おうと心がけていた。

「ボクね、生まれてからずっと思っていたんですけど、男の本体ってキンタマだと思いません？ キンタマ。他は着ぐるみなんです。男はみんな自分の意思で行動していると思っているかもしれませんがそれは大きな間違いです。キンタマにコントロールされ、操られているんです。だから悪さを働いた後、キンタマを叱ることにしてるんです。バカ、メッ！ ボクのキンちゃん！ みなさん聞いてます？」

レイプはオレに幾つものことを教えてくれた。レイプで大事なことはすべてレイプから学んだ。観念したのか、「お願いだから避妊だけでも」と懇願してきたので言われた通りに引き出しからゴムを出して着けてやったのに、調書では「男性を信じられない」と訴えたアパレルショップの店員。最初は泣いて抵抗したもののクンニリングスから火が付き、終いには自分から腰を振って気をヤッたがやはり調書では、「乱暴に扱われた」と書いた女子大生。バックからオレに犯された弁当屋の娘。喘ぎ泣いていたものの丸見えの肛門が「ぷうっ」とゲップをした。「ごめんなさい」。女は真顔に戻った。オレたちは笑った。その直後、女は思い出したようにまた喘ぎ泣いた。あれは愛と笑いの夜だった。合意に転じたはずだった。なのになのに。女はみんな嘘つきだ。男にそんな無粋はいない。免許証の名前を読み上げれば潔く泣き寝入りした。レイプは「女を信じるな」と教えてくれた。

ムショでオレは初めて勉強した。アメリカでは州によっては堕胎を禁じている。もし中絶した場合、女は裁かれる。孕ませた男は問われない。世界は男が支配している。ならば強姦もまた無罪ではないのか。

世界の歴史。民族紛争。レイプは戦争の必需品だ。戦争はレイプの宝庫だ。同じ女を姦すことで男たちの連帯感は強まる。戦争は敵の文化を認めないほうが勝つ。例えばフォチャの虐殺。セルビア人によるボシュニャク人への民族浄化、大量強姦、すべての破壊行為。戦時下のレイプで生まれたボスニア青年は実親捜しの旅に出る。

オレは言ってやりたい。犯されて生まれたおまえらは選ばれた子だ（俺と同じように）。隣国の女を孕ませることで自国の血を増やすのは、一挙両得。圧倒的効率手段だ。

獄中で生まれて初めて映画を観た。ベストムービーは『時計じかけのオレンジ』。アレックスに憧れて、「雨に唄えば」を唄いながら女を姦す夢を見た。いつか塀の外でまた思う存分、強姦したい。希望を失ってはいけない。オレは向上心を棄てなかった。

オレと同じように強姦罪で服役中の柔道家に教えを乞うた。

「おまえ最低だな。見知らぬ相手を殴って通りに引き摺り込むとか、オレには考えられないわ」

「合宿所で教え子に酒を飲ませて、腕尽くで女を押さえ込んだおまえに言われたくないよ」

オレたちは腹から笑い合った。レイプの友情。「睡眠薬は邪道だよな」と、レイプ論を戦わせた。稽古をつけてもらい、奴から黒帯の免許をもらった。それがまた娑婆に出て強姦の役に立った。警察にバレる事件は氷山の一角。被害者にとって思い出したくない過去なので押し黙っていてくれる女たちに感謝。

結局日本はミーガン法がないので、オレは何度でも自由になれる。大手を振ってレイプができる。ニュージャージーだったらこうはいかない。人権を大事にするこの国が大好きだ。日本人に生まれてよかった。

でもさすがに警察もヤバいと思ったのか。五回目の逮捕は事実上の終身刑となった。

それでもオレはムショを転々とした。どうも特例らしい。重要な役割が与えられたからだ。それは問題のある囚人を懲らしめること。誘拐犯、子殺し、ときにはメディアの有名人と同部屋になった。最初のうち無害な人間のように接して、油断させた後に肛門を頂戴する。役得とはこのことだろう。貫かれた脱肛が滴る。多少叫声が通路に漏れても、看守は見て見ぬふりをする。オレは〝悪と戦う正義のヒーロー〟手籠めのＫｅｎ。聖剣《penis》を抜く英雄になる。月にかわっておしおきよ。

今の施設に着いたのは三年前。イジメられていたオレが牢名主を犯すと一目置かれだした。「キング・オブ・レイプ」の称号を得た。レイプは身を助ける。

オレは世界にレイプの素晴らしさを唱えたい。

レイプとは哲学である。

レイプとはロマンである。

レイプとは崇高な儀式。

レイプは文化だ。

レイプとは、愛である。

レイプこそ我が人生。

レイプこそすべて。

レイプには征服論、暴力の美学。みんなある。みんなだ。

三度のメシよりレイプ好きのオレに、久し振りに上玉の獲物が与えられた。

片目の女だ。何でも町長の妹と聞く。骨肉の争い。まるで北朝鮮の金《キム》兄弟のようだ。

しかしここに堕とされたなら悪い女に違いない。きっとたくさん人を殺してきたはず。オレが成敗してくれよう。人呼んで〝ダークヒーロー〟、手籠めのＫｅｎ。手下の者たちと思う存分姦してやった。

子宮は壊れた。腫れて爛れて腐って終わった。女の神経はおかしくなり、使い物にならないとわかるとトリチウム水のプールに棄てた。

48

翌朝になってもイッキが帰ってこなかったので朴信日は恵田町に電話をかけた。「町長を出せ」と要求したが電話は盥回しにされ、途中で切れた。

葉子は項垂れた。

「私のせいだ。引き止めるべきだった」

朴信日が然るべきところに電話をかけ直そうとした矢先、城の扉を叩く音がした。

そこには軍人が連れ立っていた。

「超法規的措置が適用された」

城内に踏み込み、銃口を向ける。

「全員手を挙げろ！」

城の周囲をジープと戦車が包囲していた。上空を複数のヘリコプターが旋回している。

朴信日は銃を向けられようと怯まなかった。

「貴様ら、私が誰だか分かっているのか！」

一同は彼の激しさを初めて見た。

49

城に住む者たちの軟禁と監視は続いた。暴力を振るわれることはなかったが、銃刀を没収され、外に出ることも、外部への連絡も禁じられた。トイレさえ扉を閉めて用を足すことを認められなかった。

大広間の一ヶ所に集められた。朴信日だけは二十四時間、軍人が交替制で銃口を向けた。

「おい」

「ああ」

正憲とノートリアス・アキコが小声で囁く。

「そそそそりゃこの城に住む変わり者とはいえ」

「ああ」

「ななななんでなんであのおっさんだけライフルが向けられている？」

「なんだおまえ。撃ってほしいのか」

「バババババカ野郎」

「マジメなこと言ってもいい？」

「いい」

「やっぱりあいつ、悪そうに見えて、ちょっといい人そうに見せて」

「おう」

「ワタシたちに言えないこと、隠してるんだよ」

「おおおお俺もそそそそう思う」

貴一は塞ぎ込んでいる葉子を慰める。

「葉子ママ、大丈夫だよ。イツキママのことだもん、殺したって死なないんだから」

貴一の眼鏡の奥には、光るものがあった。

朴信日はそのときを待っていた。手足を封じられた彼だが、とっておきの奥の手があった。

彼のこれまでの人生において、こうした「待ち」のときが何度かあった。発表した研究の論文に世界的権威の教授が判定を下すときも、同じような気持ちだった。あのときと違うのは、鉄砲の筒先がこちらを睨んでいることだけだ。

朴信日はある男の挿話を思い出す。その男は戦後A級戦犯に指定され、巣鴨《すがも》プリズンに収監された。戦中の首相、大臣はみな絞首刑にされた。自分も同じ道を辿るだろうと覚悟した。しかしひと筋の希望を持っていた。戦後日本を支配したGHQは、欧米諸国に反旗を翻した島国を統治下に置くため、自分を選ぶかもしれない。なぜなら自分ほどの適任者はいない。幕末から明治維新にかけて多数の人材を輩出した山口に生まれ育ち、成績優秀のため東京帝国大学を卒業し、官僚になった。

とりたてて後ろ盾がないため権力を握った後も戦前の大物の意見を聞く必要がない。何よりも出自だ。アメリカが調べれば、自分には大陸から渡ってきた者の血が流れているとわかる。「日本人」ではないことが、これまでのように日本を「祖国」として奉ることも、日本人独特の情緒に流されることもなく、日本と日本人を冷徹に「モノ」として扱える人物と、自分を評価するだろう。

男の予想は的中した。釈放されるとすぐにアメリカに呼ばれて英語を習得し、彼らの傀儡となり、あれよあれよと総理大臣の椅子が用意された。その後も長らく日本を手中に収めた。男は「妖怪」と呼ばれた。

朴信日は特段この男が好きではない。ましてやその孫のことは侮蔑している。しかしこのエピソードだけで「妖怪」に対しては無条件の畏怖を抱いている。

朴信日は思い出したように深くひと息つく。ライフルを持つ軍人の肩が、腕がびくんと動く。彼は一向に気にすることはない。

今回の首謀者——つまりタカギジュリが痺れを切らすか、それとも焦りの段階がピークに達したところで、ある決断に至るだろう。そうしたら一気に形勢は逆転する。

朴信日は自分を鼓舞する。こちらから連絡を取れなくても、超法規的措置どころではない、可及的速やかな矢が飛んでくるはずだ。そしてそのときはそう遠くない。

50

「行方不明!?」

執務室でジュリは看守長の報告に一驚した。看守長は彼女の剣幕に震え上がった。

「トリチウム水のプールを溜めたタンクに放り込み、処分したはずだったのですが、一日経って様子を見に行ったところ、妹様の姿はどこにも見当たらなくなっていました」

ジュリの奥歯がキリキリと鳴る。子どもの頃、かくれんぼをするとイッキに勝ったことがなかった。イッキにはいつも手を貸す者が現れて、彼女は神隠しのように姿を消した。子どもの遊びの範疇を超えて警察が出動し、一度などは隣の県の山奥で見つかったこともある。イッキはケガひとつなかった。そうして決まって騒動の責任をジュリに押し付けた。

「このハゲ――――!」

看守長は頭髪に不自由していなかったが、この罵詈雑言はジュリの口癖だった。

「あいつはな、あの女はな、いつだってわたしの目の上のたん瘤なんだよ。わたしの人生の邪魔ばかりしてくる。今度こそまんまと陥れてやったのに。そりゃあな、血を分けた双子だ。一心同体と可愛がったこともあるよ。わたしが身を挺して助けてあげたこともある。だけどあいつはいつだって仇で返した。今度だってそうだ。あいつは偉くなったわたしの前に現れた。あいつの魂胆はわかってる。わたしが苦労して手に入れたこの座が欲しいんだ! ママに褒められたいんだ! あいつにママを取られてたまるか!」

看守長には発言の趣旨が理解できなかった。狼狽した彼は罰を免れようと、付け焼き刃の知識で逃げようとした。

「お、おそらくですが、妹様の体はトリチウム水に溶けた可能性があります。御存知のようにトリチウム水は質量数の大きな同位水の水分子を多く含んでいるため、人間の肌や肉を――」

ジュリが叫ぶ。

「ちーがーうーだろ――――！　誰かが匿ってるんだよ。〝匿った者は重罪。匿った者を密告すれば収容所から釈放する〟と布令を出せ！」

「は、はっ」

看守長は執務室から出ていった。

ジュリは椅子にドカリと腰を下ろすと、今後の対応策を練った。

恵田町の町長はそこらの田舎のそれとは違う。国と密接な関係を持ち、場合によっては同等の力を持つ。

ジュリは閃く。朴信日の顔が思い浮かぶ。

「きっとあの男が裏で糸を引いている。そうだ、そうに違いない」

官房長官からは朴信日を丁重に扱うよう言われていた。代々の大地主であり、トリチウム水のプールを抱える土地を所有している。国際的な生物学博士だったが、3・11で愛妻を失ってから世捨て人になったという。国はガタガタ言ってきたが、憎き妹の住処を包囲しないわけにはいかなかった。あの女の痕跡すらこの地上から消し去ってやる。いっそのこと城ごとぶっ潰せばいい。賃料は払わなくて済むようになるし、ドサクサにまぎれて身寄りの無い博士の財産を没収することも可能だ。

ジュリの頬は緩む。そうして執務室を飛び跳ねる。

「ねえ、ママ。わたしってあたまいい。そう思わない？」

51

「気が付きましたか」

イッキが目を覚ますと、そこは狭い部屋だった。立派な顎髭を蓄えた白衣の男が覗き込んでいる。

「大変な目にあいましたね。私は迅魚《じんぎょ》と言います。壁の中の医務室です。あなたをトリチウム水のプールから救出してここにお連れしました。たいした治療はできませんが、あなたが寝ている間に患部の消毒やアフターピルなど、できる限りのことはしました」

イッキは体を起こそうとする。全身が痛い。特に下半身が重たく、鈍い痛みに襲われた。

「当分の間休んで下さい。この医務室は地下にあります。看守たちの目を逃れて、有志で建造した場所です。原発所とひとくちに言っても案外広いですから。ケガが大きい者はここで静養させています。体調が快復すると壁の外に脱出できるよう手助けしています」

「あなたは……逃げないのか」

迅魚は笑った。

「私は変わり者なので。それにここから私がいなくなったら、困る者が増えると思うのです」

地獄に仏とはこのことだなとイッキは思う。

「私はフリーの記者でした。以前、この壁の中のことを取材してネットにアップしたことがあります。連行されたときはもはや命はないと思ってあきらめていました。しかし私が医者の免許を持っているとわかると、他の囚人が匿ってくれました。今ではこの医務室の主のようなものです」

イッキは、彼に心当たりがあるような気がした。

「なぜ医者が、記者に？」

迅魚はイッキの目を見据えた。

「日本は今のような騒ぎになる前からひどい国になっていました。大きな権力を持つ者に媚びへつらい、社会的弱者を蔑む。たまたま強者に生まれただけなのに、貧困層に対して自己責任と切り捨てる拝金主義者たち。

あるとき、ＩＴ関連の株で儲けた男が重病の可能性があって、当時私が勤務していた大学病院を訪れました。彼はこう言ったのです。

〝なんでその他大勢の者たちと一緒に俺を待たせるんだ。俺がいくら税金を納めているかわかっているのか。俺を優先して、金持ちだけが受けられる治療サービスをしろ。俺は政治家と仲がいいんだ。ツイッターフォロワーが百万人いる。今すぐやらなければ、この病院とおまえの悪口を書くぞ〟

残念ながらそうした人は、ひとりやふたりではなかった。私は考えたのです。

〝医学など肝要ではない。私が先に果たすべき任務は、人々の精神を改造することにある〟と」

イッキは黙って、彼の真摯な目を見ていた。

「それで記者になったものの、潜入取材をしてパクられたら意味がないのですが」

迅魚は自嘲的に微笑んだ。しかしそれは真の叡智を持つ者のみが見せるものだった。

「しばらくは休んで下さい。お茶を持ってきます」

立ち上がって振り返る。思い出したように言った。

「あ、私はあなたとは、その行為に、関係していませんからね。そこを治療するときも、いやらしい目で見ていませんから」

いい歳をしたおじさんが顔を赤くした。

52

それから十日が経過した。ジュリは決断を下した。

——朴信日の城を取り潰す。

この意思決定に至るまで、彼女なりに逡巡と政府との駆け引きと脳内シミュレーションをした。城の中の人間もすべて特定できた。社会不適応者ばかりとわかり、薄ら笑いを浮かべた。余計な配慮を一考する必要もない。

イッキが姿を消したというから、てっきり城内で匿っているのかと思いきや、二十四時間監視している城にさしたる変化はないという。いや、すでに城に戻され、葉子というイッキの女がこっそり隠している可能性もある。しかし大きな城の中を捜索するのも面倒だ。

ジュリは執務室の受話器を持ち上げる。

「もしもし、隊長ですか。タカギです。朴信日の城を爆破して下さい。やり方はおまかせします。これは町長命令です」

数分後、広間にあるアンティークの電話が鳴った。最初のうち、誰もそれが呼び出し音だとはわからなかった。チリチリチリン……と、心地良い音楽が聞こえる。電話が嫌いな朴信日が譲歩して取り付けたそれは、城の主を優雅に自分のもとまで召喚しようとした。

——遂に来た。

朴信日が動こうとする。軍人はライフルを構えた。彼は一喝する。

「馬鹿者。私にその電話を取らさなければ、絞首台に吊るされるのはおまえらだぞ」

軟禁されてしばらく経つというのに、疲労の色は監視する側にあった。朴信日の迫力のある声に彼らは気圧された。

「命令には絶対か。自分のあたまで判断しろ。誰か出ろ」

軍人たちが躊躇する。

呼び出し音が鳴り止む。受話器を取ったのは、葉子だった。

「早くせんか！」

「もしもし」

銃口の半分は葉子に向けられた。彼女は歯牙にもかけない様子だった。

「朴さんを呼んでいます」

朴信日はつかつかと歩み寄って受話器を受け取った。葉子のやわらかな手に触れた。

「朴です」

彼は受話器の向こうに耳をそばだてている。しばらくすると、「わかりました」とひとこと返した。

「おい、この中でいちばん偉い奴は誰だ」

軍人が「隊長」の名を呼んだ。男は受話器を受け取ると言葉少なに頷き、「了解しました」と受話器を置いた。一拍あった。城の中の者には、永遠にも思える長さに感じられた。

「全員、銃を下げろ」

一同は命令に従った。実に二週間ぶりに、朴信日は銃口に睨まれることがなくなった。

隊長は朴信日に敬礼する。

「政府官邸からでした。これまでの無礼をお許し下さい」

朴信日は威厳を持って首肯した。

「ど、どういうこと……？」

アキコが呟く。みなが彼を見た。

葉子の射貫くような視線に観念して、朴信日は嘆息する。

「この城の秘密を、言わなければいけないときが来たようだ」

53

イツキは鏡の前に立つ。鼻は折れて微妙に曲がり、頬骨は赤く、唇は無惨に腫れていた。イツキは鏡の中の女をしげしげと見つめた。

——派手にやられたな。何もここまでわたしに合わせて、あんたまでボロボロになることもないのにな。

そばで見ていた迅魚は、イツキが変わり果てた容貌にショックを受けているだろうと思い、何と言葉をかけたらいいか迷った。しかしイツキが鏡の中の女に微笑んだので驚いた。

地味な甚平を脱ぎ捨てる。迅魚は慌てて目を逸らした。

イツキは思う。いつもこうだ。裸になってもまだ何か着ているような気がする。

ケガの部位を確認する。

ツンと澄ましていたはずの乳首は、乱暴に扱われすぎて千切れていた。

なめらかな白い肌に、数え切れないほどの青痣。

陰部の出血はいまだに止まらず、ガーゼは赤く染まっている。

痛々しいが憐憫はない。痛みと欠落でしか生を実感できない。

「わたしの服はどこに」

迅魚が洗濯して丁寧に畳んでおいた衣服を、恭しく差し出した。イツキは袖を通す。

「行こう」

迅魚は驚く。

「イツキさん、ケガは完治していません。寝てなきゃダメです」

イツキは下着も着けずに、ジーンズを穿いた。彼女の茂みが隠れたのを迅魚は確認した。

「武器になるものはないか」

「…………」

「出せ」

イツキの隻眼の力を、迅魚は拒めなかった。

迅魚は机の下に隠していた日本刀を差し出した。イツキは鞘を抜いて抜き身を蛍光灯に翳す。それほど使い込んではいない。白刃の艶は悪くなかった。

「迅魚家に代々伝わる家宝のようなものです。私の先祖は中国人で、満州で狼藉者に襲撃されたとき、世話になった日本人からもらったそれで追い払ったそうです。この壁の中を取材して捕まったときに、護身用にと携帯したくせに使うことはなかった。一時没収されましたが、賄賂を渡してこっそり取り戻しました」

イツキは片手で一振りする。迅魚が驚く。掌に馴染む茎。刃長と反りのバランス。悪くなかった。

イツキの見立てでは二尺六寸三分、一文字《いちもんじ》遠房《とおふさ》の古刀だった。脇に差した。

「借りておく」

「は、はい」

ふとイツキの視界にそれが飛び込んできた。

迅魚のデスクの上に、飲みかけのマヂカル☆がぶがぶハイパーミックスがあった。

「これは……」

迅魚が照れて返す。

「私の唯一の贅沢でして。あの手この手でかき集めましてね」

カーテンを開ける。マヂカル☆がぶがぶハイパーミックスが箱詰めされていた。イツキの目が爛々とする。

「もらうぞ」

「は、はい」

粗雑に箱を開ける。マヂカル☆がぶがぶハイパーミックスのキャップを捻る。

一気に呷った。見事な飲みっぷりで、迅魚が惚れ惚れとするほどだった。

一本飲み干した。イツキは迅魚に有無を言わせず、二本目に手を伸ばした。

「ぷはーっ」

イツキは唇の端から零れるマヂカル☆がぶがぶハイパーミックスを手で拭った。口の中は切れているため浸みて痛かったが、前に飲んだのはいつか思い出せないほど久し振りのマヂカル☆がぶがぶハイパーミックスの味は格別だった。イツキは目を閉じて余韻に浸った。

そして三本目に手を伸ばすと、やはり同じように天井を仰ぎながら一気飲みした。

「あああ、私の、私の、マヂカル☆がぶがぶハイパーミックスがあああ」

イツキは満足げに飲み干すと、大きなゲップを吐いた。

「ＨＰフル回復」

「それはよござんす」

「戻ってきたら残りはすべていただく」

「え――――っ」

迅魚は頭を抱えたくなった。マヂカル☆がぶがぶハイパーミックスマニアの自分がこれまでどれだけ苦労をしてマヂカル☆がぶがぶハイパーミックスをかき集めてきたことか。金銭の代わりに、ときにはマヂカル☆がぶがぶハイパーミックスを差し出す患者を優先して診てきた。だけど自分だってマヂカル☆がぶがぶハイパーミックスを飲むのは三日に一度と決めている。命よりマヂカル☆がぶがぶハイパーミックスが大事だ。なのにこの女はわずか二分で三本空けてしまった。卒倒しない自分を褒めてやりたかった。

「迅魚先生」

「はい」

「まさかとは思うが……限定マヂカル☆がぶがぶハイパーミックス＋Ｌｏｖｅはないか」

迅魚は飛び上がりそうになった。

「ないですっ」

「そうか」

イツキはドアのノブに手をかける。

「どこに行く気ですか」

イツキは長い髪を翻す。

「ちょっと、御礼参りに」

54

収容所は騒然となった。威風堂々とした女が所内の中心に立ち、大声で叫んでいる。

「わたしを犯し、膣の中に発射した者たちは出てこい！」

みなの作業の手が止まる。あっという間に黒山の人だかりができて、彼女を取り囲む輪ができた。

「おい、今は作業中だ。喚き立てるなら出て行け」

看守のひとりが言い放った。この男も輪姦に加わった一人だった。イツキを見て面倒なことになったと思いつつ、前回と同じように力にモノを言わせて暗がりに連れて行き、力尽くでまたヤッてやるかと魂胆を隠して彼女に近づいた。

鞘が天高く舞い上がる。

次の瞬間、看守の視界はふたつに分断した。

彼の眼球がふたつに分かれたからだ。

「ぎゃあああああ」

看守は血だらけの顔面を押さえて倒れた。

「やっちまえ！」

都合の悪い男たちが次々とイッキに襲いかかる。切っ先が男たちの喉を掠める。心臓や腹を貫く。

血だるまと化した男たちの山が瞬く間にできあがった。その剣技は江戸時代に田宮流五代を継いだ中村《なかむら》千右衛門《ちうえもん》の子孫から剣術師範の指導を受け、免許皆伝の腕前だった。

「イッキさん、後ろ！」

迅魚の呼び声に反応する。背後から狙った男たち三人の首が一遍に胴体から離れた。

イッキは日本刀を地面に向けて振る。刃から血が抜ける。

「いい刀だ。粗悪なものだと台所の包丁以下。二、三人で斬れなくなるものだが」

迅魚は頷くしかない。

「それはよござんす」

「あーあ、醜女のヒスは怖えなあ」

一聴して下賤な声が轟いた。人の輪が解ける。中肉中背の平凡な、薄気味悪い負のオーラを背負った男が現れた。人畜無害の顔に見えるが卑屈は隠せない。

「おいおいどうした。怒ってるのか？　オレとあんたは、三日三晩一睡もせず愛し合った仲じゃないか。忘れたのか。それとも挿れたら思い出すか。オレ様は〝キング・オブ・レイプ〟〝悪と戦う正義のヒーロー〟手籠めのＫｅｎだ」

手下の一味がやんやと喝采をあげた。

「またオレにヒーヒー哭かされるために戻ってきたのか。大勢の男たちが見ている前で犯されにきたのか。おとなしく泣き寝入りすればいいものを。あのね、オレこう見えて強いのよ。わかる？女も男も平等に、殴り倒して四半世紀だから」

じりじりと躙り寄ってくる。イッキの間を外そうと、わざと大きな声を出す。

「おいみんな、手出しはするなよ。中出しはいいけど」

一味がどっと噴き出す、下卑た笑みでイッキを刺激する。

「タイマンでやってやる。刀は棄てろ。それとも刀がないと、やっぱり男にゃ勝てねえか？」

イッキは日本刀を迅魚に放り投げた。

「ようし、女のくせに偉いぞ。もしオレが勝ったら……わかってんだろうな。それともオレにブカマンにされて、ハメハメはもうたくさんか？」

イッキは安手の挑発に乗った。Ｋｅｎは狙っていた。イッキが飛び込んできたところに手に握っていた砂を彼女の顔めがけて投げた。無数の砂粒がイッキの目に入る。刹那、目を瞑る。すかさずＫｅｎのストレートが彼女の顔面を捉えた。たまらずダウン。手籠めのＫｅｎはイッキを見下ろす。

「てめえら女風情が、男より力がないくせに、男と平等のものを求めやがって」

イッキの顎を蹴り上げる。もんどり打って倒れる。

「おまえらメスは、男の性欲を処理するために存在しているんだ。生膣に精液を甘受して、家で子どもを育てるのが、おまえらがこの世に存在している理由だ！」

イッキの顔を踏み潰す。イッキは、こんなはずではないという焦りに襲われた。一対一なら敵わぬ相手ではない。ましてや、「男が世界最強などありえない」とするのが彼女の持論だった。自らの遺伝子データを搭載した精子を貯蔵するため、すべての哺乳類のオスが軀幹から別離した箇所、つまり陰嚢を保有している。軀幹に陰嚢を内蔵することはできない。精子は常に体温より冷たい場所で保管、育成されなければならないからだ。

つまりすべてのオスは足と足の間に陰嚢をぶらぶらさせている。ちょっとぶつかっただけでも大袈裟に騒ぎ立て、精神的にも深いダメージを喰らう。風鈴をちょっと小突いただけで奴らは途端に最弱に転落する。股の間に鳴らぬ風鈴を下げた間抜けな生物が最強なわけがない。

イッキの論理を証明する機会が訪れた。彼女の頭上七十センチの位置に手籠めのＫｅｎの股間があった。イッキは仰臥の体勢から右の正拳をそこに叩き込んだ。

鈍い音がした。イッキは痛みが走る拳を引っ込める。

手籠めのＫｅｎがニヤついた。

「女のやることなんざお見通しよ」

Ｋｅｎは作業着の下に忍ばせていたものをコンコンと叩く。鉄板だった。

「原発所《ここ》には売るほどあるんだ」

手籠めのＫｅｎはイッキの顔の上に座る。彼女の顔を鉄板でぐいぐいと押し潰す。苦悶の表情だ。

勝ったも同然と手籠めのＫｅｎが拳を突き上げて叫ぶ。一味が応える。〝キング・オブ・レイプ〟

教のコール&レスポンス。

「リスペクト・コック！」

「コック！」

「リスペクト・コック！」

「コック！」

「おまえらにまたお裾分けをくれてやるぜ」

看守まで手を挙げて喜んでいる。迅魚が助太刀しようとしたが一味に囲まれて、日本刀を奪われまいとするのに精いっぱいだ。誰もこの状況を止められるものはいない。

「おまえは絶品まんこだったぜ。思い出しただけで、またムクムクと大きくなりそうだ」

手籠めのＫｅｎが鉄板越しに股間を撫でる。

「今夜は青姦と洒落込むか」

イツキが体を仰け反らせて顔を表に出す。唾を吐き飛ばす。自分の顔にも降り掛かったが、手籠めのＫｅｎの顔まで飛んだ。その表情が一変する。

「てめえ……親にも叩かれたことがないオレ様の顔を」

手籠めのＫｅｎが揺らめくように立ち上がる。イツキの股間に蹴りを落とした。

「ううっ」

陰嚢がなかろうと女性も股間を蹴られたら痛い。ましてやイツキのそこは傷が癒えていなかった。

「犯し殺してやる。幸せに思え。女に生まれて、セックスで死ぬなんて最高だろ。メスブタが！」

イツキは力を振り絞り、二本の腕で体を起こし、手籠めのＫｅｎの顔に蹴りを叩き込んだ。Ｋｅ

ｎが膝をついた隙に立ち上がった。

「てめえら何突っ立ってんだ！」

手籠めのＫｅｎが叫ぶ。手下がイッキに一斉に襲いかかった。

イッキはローリングソバットで蹴散らす。迅魚を押さえていた一味が手薄になる。

「イッキさん！」

その隙に日本刀をイッキに放り投げた。

イッキが日本刀を手にした次の瞬間、彼女を取り囲む男たちはまとめて袈裟斬りにされ、血飛沫をあげて斃れた。次に切っ先が手籠めのＫｅｎの喉元を指して、ぴたりと静止した。

「待て！　待って下さい！」

手籠めのＫｅｎは両膝をつく。手を組み合わせて懇願した。

「ごめんなさい。ボクが悪かったです！　ボクは病気なんです！　許して下さい」

見る見るうちに、目にいっぱいの涙を湛えている。

「反省してます！　もう二度としません！　約束します。信じて下さい！」

仔犬のような目で手籠めのＫｅｎは頼み込む。最初に逮捕されたとき、裁判所でこれをやって執行猶予がついた。オレの涙に騙されない人間はこの世にいないと心から信じている。

イッキは背を向けた。騙されたことがわからないのはＫｅｎのほうだった。

手籠めのＫｅｎは隠し持っていたスパナを懐から取り出すと、イッキの後頭部めがけて振り下ろそうとした刹那、背中で殺意を感じ取ったイッキは、彼のほうを見ないで脇から抜いた切っ先を彼の股間に突く。鉄板が邪魔をした。

「バーカ、そんなの効かねえよ！」

言うや、鉄板がふたつに割れた。え、と驚いたと同時に、手籠めのＫｅｎの正面を向いたイッキが日本刀を振り下ろす。Ｋｅｎのベルトが切れた。ズボンが下がる。白のブリーフがお目見えする。

「やめて」

手籠めのＫｅｎは両手で庇った。イッキが瞬間に峻烈な気合いを迸らせる。白刃が煌めく。かちっと鍔音が鳴ったかと思うと、太刀は鞘に戻っていた。イッキの居合いだった。目にも留まらぬ速さで真一文字に一閃した。指が十本ボロボロと地面に落ちた。Ｋｅｎがもんどり打つ。

「ぎゃあああああ」

イッキが見下ろす。

「バカは死ななきゃ治らない。治ったときは手遅れだ」

イッキは手籠めのＫｅｎのブリーフを摑む。足をバタバタとさせて抵抗するがいかんせん指は一本も無いので、あっさりと脱がされた。

「こっちを向け。悪いようにはしないから」

「嘘だ！　おまえは嘘をついている！」

「嘘じゃない。悪いようにはしない」

イッキは正面から手籠めのＫｅｎを斬った。手首が切断されたところで、斜め下から上へと日本刀を振り上げた。

亀頭がすっ飛んだ。放物線を描いて飛んでいった。

手籠めのＫｅｎはだらだらと流れる血を押さえようにも掌がなかった。

「オレの聖剣が〜！　この嘘つき〜！」
「言っただろう。悪いようにはしないと。ただし、おまえにとってでなく、おまえに関わった人たちにとってだ」
手籠めのＫｅｎが泣きじゃくる。今度は演技ではなかった。
イッキは日本刀を背に担ぎ、童謡の「シャボン玉」の替え歌を口ずさむ。
「タートルヘッド飛んだ
あの世に飛んだ
あの世に飛んで
キンタマ残った
ターマ、ターマ踏むな
砕けて消えろ」
これなら野口雨情《のぐちうじょう》も浮かばれるとイッキは頭の冷静な部分で思った。
歌い終わるとイッキは手籠めのＫｅｎの股間を、全身全霊を込めて蹴り上げた。手籠めのＫｅｎは目を見開いていたのに、電気が消えたように視界が真っ暗になった。
脳の末梢神経に伝えるスピード、いわゆる神経伝導速度は平均三十五〜四十ｍ／ｓ。つまり三五○○から四○○○分の一秒で脳に痛みを知らせる。しかし睾丸の痛みの場合は平均速度より倍速いと言われている。他では経験することができない痛覚が脳内で急速に点滅する。しかも鋭敏で重みも群を抜いている。
イッキは連続して陰嚢を蹴り飛ばした。手籠めのＫｅｎの足をむんずと摑み、股裂きの要領で大きく開くと、一切の手加減なく踏み潰した。何度も、何度も。その度手籠めのＫｅｎの断末魔の叫びが轟く。終いに陰嚢は砕け散ったが、イッキは気が済むまでストンピングした。見ていたギャラリーは自分の股間を押さえて震え上がった。

「これじゃあもう使いもんにならないな」

辛うじてぶら下がっていた陰茎と陰嚢のなれの果てをイッキは切り落とした。上空にそれを放り投げると、血の匂いに誘われて飛んできた禿鷹が嘴でキャッチした。この野鳥はきっかりと一時間半後腹を下し、排泄されたものが草原の蠅と害虫の栄養になった。こうして「不肖の息子」の波乱の一生は幕を閉じた。

手籠めのＫｅｎはすでになくなったそこを骨と肉が剝き出しの手首で必死に押さえる。涙は涸れ果てていた。現実が信じられず、死を超える痛みに精神が耐えきれなくなっていた。

「ちんこ無くなっちゃったな。かといっておまえは女になったわけじゃない。男でなくなったわけでもない。今後は性犯罪の加害者にもならなくなった。なりたくてもなれない。お次は、本来性行為には使用しない孔を、犯された人たちの気持ちになって理解してみようか」

イッキは手籠めのＫｅｎの尻を脇に抱えると、かき氷でもかち割るように肛門をザク切りにした。鎬を握りしめて、肛門及び周辺に刃の切っ先がグサグサと音を立てて刺さるたびに、抜くたびに血飛沫が勢いよく吹き出した。イッキの掌からも血が流れた。人を斬りすぎて刃先はボロボロに朽ちた。その場にいる者たちは声を失った。

最初のうち、突き刺さるたび悲鳴を上げていた手籠めのＫｅｎだったが、そのうち止んだ。尻からは血の湯気が立った。イッキは血の海の中心で表情を変えずに立ち上がる。骸を見下ろした。

こうして凄惨な水芸は終わった。

だがイッキの戦いはこれだけでは終わらなかった。

55

「作業員が揃っている。あそこにしょっ引け！」

朴信日の声がした。イッキは振り向く。

軍人に左右から腕を取られたジュリが連行されてきた。朴だけでなく、葉子、貴一、正憲、ノートリアス・アキコなど、城の住人も一緒だった。

「イッキ！」

葉子が駆け出す。イッキの胸に飛び込む。

「生きてるって信じてた。だけど、心配した」

イッキは泣き顔の葉子の頭を撫でる。その光景を、朴信日は黙って見ていた。

ノートリアス・アキコが鼻から息を漏らす。

「相変わらず仲がおよろしいこと。あんたも大変だったんだろうけど、ワタシたちも大変だったのよ！　城を包囲されて銃を向けられて。いつ殺されてもおかしくなかったんだから。こいつのせいで！」

ジュリが軍人の腕を振りほどく。勢いで倒れて地面に膝をつく。

「だけど状況が変わったみたい」

ジュリは砂を嚙むような表情だ。

「わたしは、切られたのか」

イツキにはジュリの言っていることがわからなかった。朴信日が代わりに続ける。

「あなたの姉さんは——」

すかさず貴一が口を挟む。

「姉さんなんかじゃない！　自分の妹をこんなところに閉じ込めたんだ！　お姉ちゃんが妹に、そんな酷いことをするわけないだろ！」

イツキは貴一の頭を撫でる。

「いや、血が繫がった姉妹だからこそ、ジュリはわたしを苦しめ、殺そうとしたのだ」

血が繫がった者がいない貴一は、イツキの言葉を聞いて寂しくなった。

朴信日が言葉を繫げる。

「タカギジュリは、妹のあなたを収容所にぶち込むだけでは飽き足らず、町長権限を使って私たちが住む城に爆破命令を下した。しかしそれが運の尽きだった」

イツキだけでなく、収容所の囚人たちも耳を傾ける。

「私の城を管理しているのは、アメリカなのだ」

その場にいた者たちは全員驚いた。いったいどういうことなのか。

「3・11を覚えているだろう。大地震により原発は破壊された。大量の放射線が外に漏れた。ここまではみなさんが御存知の通りだ」

一同が息をのむ。貴一が葉子に寄り添う。芹沢の娘が母親にしがみつく。

「大量のプルトニウム238と239が発電所内に残った。どうすればいいのか、当時の政府は手をこまねいた。発電所を修繕するには時間がかかる。貴重な資源であるプルトニウムをどこに保管すればいいか。ならば新たに原発を作らなければいけない。しかし海外を含めたマスコミが監視している中それはできない。アメリカが考えた結論、それは近場に保管庫を建造すること。アメリカの軍と自衛隊が共同で、地下保管庫と処理場を作った」

「ととと言うと？」

正憲が当然の疑問を投げる。

「ところで日本に原発を作ったのは誰か知っているのか」

「正力松太郎《しょうりきまつたろう》」

ほむほむコスプレを着たみけが答える。彼女はこうした陰謀論が大好物だ。

「御名答。当時のアメリカ政府が核の最終処理場として自国とは遠く離れた島国を選んだ。そこで何が起ころうと自分たちに被害はない。日本テレビと読売新聞の社長だった正力松太郎はＣＩＡ、つまりアメリカの走狗だった。しかしそのむかしアメリカは日本に二発の核爆弾を投下している。当時の日本人の原発アレルギーは相当なものだった」

芹沢の娘が言う。

「私、学校で習った。非核三原則でしょう？　〝核を、持たない、作らない、持ち込ませない〟」

「そうだ、しかし実際は違う」

ざわざわと声が波立つ。

「アメリカは当時日本に原子力発電所を建設することに懐疑的だった。原爆を落とされた国に可能だろうかと。正力は連中にこう言ってのけた。〝日本にはこんな諺がある。毒をもって毒を制す〟。正力はテレビと新聞を使って、核がいかに平和エネルギーかをアピールした。そうして日本に初の原子力発電所が作られた。原爆投下から十八年後のことだ。むかしも今も、日本人が騙されやすい、軽薄な民であることにかわりはない」

ノートリアス・アキコが思い出したように言う。

「で、プルトニウムの保管庫はどこに作ったのよ。え。ひょっとして」

「おわかりか。原発のすぐそばに地下保管庫を建設した。そして私はその上に城を建てた」

城の住人たちに衝撃が走った。

「あんた、どうりで人を食べた魚なんて怖くないわけね」

アキコが呟く。朴信日がすかさず反論する。

「あの城は安心安全だ。被爆はしない。それぐらい頑丈に作っている」

「なななんであんたは好き好んでそんな城を建てて、そそそその中に住んでいる」

正憲の問いかけに、イッキが答える。

「管理人だからだ。朴信日、あんたはCIAだから」

取り囲む人々が驚きのあまり声が出なくなる。

朴信日は否定しない。

みけが呆れたように言う。

「正力松太郎から朴信日へ。先の大戦から百年近いって言うのに、戦後は終わっていないのね。それにうってつけね。世界的生物学者のあなたたなら」

葉子がおそるおそる訊ねる。

「地下保管庫の上に城を建てたアイデアは、あなたが？」

朴信日が頷く。

「聞いたことがないか。東京ドームの下に地下闘技場があって、そこで現役の金メダリストや横綱やボクシングのヘビー級チャンピオンが禁断の対決をしていると。東京ドームは隠れ蓑なのだ。私の城も然りだ」

ジュリががっくりと項垂れる。

「わたしとしたことが！」

朴信日が彼女を見下ろす。

「私を軟禁するまではよかった。しかしおまえはあの城に弓を引いてしまった。それが何を意味するのか。タカギジュリ、おまえはこの国のケツ持ちに弓を引いた。だから町長を急遽退任させられて、このような状況にある。覚えているか。そのむかし自民党から政権を奪取した男が、沖縄にある米軍基地を『最低でも県外』に移すという公約を実行しようとした。しかしその矢先、アメリカを怒らせて退任させられた。知らなかったのだ。沖縄に基地だけでなく、核があることを。外務省の官僚は口を噤んでいた。誰もそいつが日本のトップになるまで、最重要秘密事項を教えてやらなかった」

ジュリは血を吐くように叫んだ。

「なぜだ！　なぜ恵田町の町長のわたしに、おまえの城の下にプルトニウムの地下保管庫があることを、国の中枢は教えてくれなかったのだ」

「それはな、おまえがはじめから捨て駒だったからだ。わかるか。他者が傷つくのを知りながら差別的言動で成り上がるおまえを、〝あいつは所詮女だから〟と、政権の中枢は冷ややかに見ていた。おまえは最初から最後までいいように使われただけ。そして、私は謝罪させるためにおまえをここに連れてきた。この収容所でおまえは人体実験を進めてきた。この場にいるみんなに手をついて謝るべきだ」

タカギジュリは絶望のどん底にいた。国に仕えたが国は自分を部品として見ていた。使い勝手が悪い部品はいつでも取り替え可能だ。女として道を切り拓いてきたぐらいの気持ちでいたが、それはとんだ思い違いだった。

イツキが声をかける。

「朴氏、いいかな」

肩を落としたままのジュリに声をかける。

「わたしと一騎打ちしろ。勝ったら、ここから逃がしてやる」

「イツキ！」

葉子が叫ぶ。

「立て。わたしたちの決着をつけるときが来た」

三秒ほどだったか。それはジュリが決断に要した時間だった。

軍人がジュリを立たせようと両脇から抱え込んだ。そのときだった。ふたりの屈強な男がいともたやすく投げられた。総合十段の実力を覗かせた。

ジュリはゆっくりと立ち上がる。ゆらゆらと炎が揺らめいていた。

「本気で言ってるのか。勝てば逃がしてやるだと……？　幼少の砌から、わたしに一度も勝ったことのない貴様が、よくぞ言えたものだな」

イッキのほうを振り向いた。その眼光の強さに、離れたところにいた正憲がたじろいだ。これまで幾つもの戦場を渡ってきたが、このような目をした者を見たことがなかった。

イッキとジュリは向かい合う。

「手出し無用」

イッキは日本刀を正憲に預けた。葉子は彼女の勇ましい背中を見送るしかなかった。

果たし合いが始まった。イッキとジュリがじりじりと近づく。ジュリは空手の間合いを見せた。彼女は大学在学中に、セクハラとパワハラを仕掛けてきた名誉教授を、彼の自宅で半殺しにしたことがある。それで評価をA＋に上げさせた。

イッキにもわかっていた。ジュリのほうが実力は上。正攻法で戦っても砕けるだけだ。奇襲かトリッキーな手法しかなかった。

ふたりは間合いを詰める。ふっとジュリの視界からイッキが消えた。

イッキが突然ジュリの足元に仰向けで転がった。一歩前に踏み込んでいたジュリの利き足をイッキは取った。バランスを崩してジュリが倒れる。

「あああーっ」

ジュリが砂地に這いつくばる。何が起こったのかわからない。左足に経験したことのない激痛が走った。イッキがジュリの足首をガッチリと極めていた。二〇二〇年代以降、世界を席巻するImanari Rollだった。

「ぎゃ――っ！」

ジュリがたまらず悲鳴をあげる。柔術及び総合格闘技の試合でも危険すぎるため禁止されていた。ジュリは必死に逃れようとしたが無駄だった。

鈍い音が鳴り響く。イツキは非情にも、ジュリの心ごと折った。

〝足関十段〟今成正和《いまなりまさかず》の試合をネットで観て以来、いつかやってみようと考えていた。実戦で使うのは初めてだが、予想以上に上手くいった。

イツキはジュリの左足を放す。ゆっくりと立ち上がった。

「勝負はついた」

ジュリはイツキの声に反応しなかった。「参った」の意思表示をしない彼女に対して、イツキは顔面にサッカーボールキックを叩き込んだ。イツキのつま先がジュリの目を直撃する。五発目のキックでジュリの前歯を叩き折った。

「ひいっ」

葉子は貴一にこれ以上ふたりの決闘を見させないよう胸に抱きしめた。

「あきらめろ」

イツキはジュリを冷酷に蹴り続けた。首の根元を踏みつけた。ジュリの防戦一方に見えたが、その時間は思ったほど長くは続かなかった。

「あっ」

矢庭に、イツキが声を張り上げる。背中から倒れ込む。イツキの右足は血塗れで、肉が抉れていた。

何が起こったのか、イツキにも、観ている者たちにもわからなかった。

「ば――か」

ジュリが嘲笑する。イツキは激痛が走る右足を抱えながら、ジュリの言い方が子どもの頃と変わらないなと思った。

「あれを見て！」

ノートリアス・アキコが指差す。ジュリの右手の爪の先から鋭角的な刃針が出ていた。ジュリが右手の皮膚を剝がす。そこに現れたのはメタリックな義手だった。

ジュリは無事な足を使って立ち上がった。今度は彼女が見下ろす番だった。

「日本中から電波系が脅迫状を送りつけてくる。封筒の中にはカミソリや銃弾が入っていたこともある。そしてある日、爆発物によりわたしは手を失った。御覧の有様だ。でもわたしはな、決めたんだ。こんなことでは絶対に負けないと」

義手の指先は器用に動いた。刃針は自由に出し入れできた。

「わたしは何も失ってなどいない。このアイアンフィンガーを獲得した」

五本の刃針が伸びる。イツキの太ももに突き刺した。

「ぐわっ」

イツキが堪らず悶絶する。アキコが叫んだ。

「卑怯者！」

ジュリがやり返す。

「歴史を見ろ。勝てば官軍だ」

イツキが立ち上がる。しかし右足は思うように動かない。

ジュリも左足を引き摺りながら襲いかかる。

「死ね！　死ね！　死ね！」

アイアンフィンガーの刃針がイツキの頬を引っ掻く。イツキは何とか避ける。

この状況下で、貴一があることに気付き、葉子に耳打ちする。

「どうしてイツキママのあそこから血が流れているの」

イツキの股間からジーンズ越しに夥しい血が付着していた。月経の血の量ではないことは同じ女として一目瞭然だった。会えない間に何かあったのだ。葉子は貴一の問いに答えられなかった。

ジュリはアイアンフィンガーを振り回す。

「だいたいおまえは生意気なんだ！　常にわたしの後塵を拝していたくせに！」

イツキは間合いを取り、もう一度Imanari Rollを狙った。しかし抉れた右足では踏み込めないのと、刃針の恐ろしさから難しかった。ジュリに追い込まれ、イツキの背中にはギャラリーしかない。ジュリの魔の手が伸びて、イツキは避けようと取り囲む人々の中に雪崩れ込んだ。それでもアイアンフィンガーが狂虎のように襲いかかる。

「ぐえ——っ！」

ふたりの戦いとは関係のない男に刃針が接触した。哀れにも男の鼻は地面に落ちた。この男もイツキを輪姦したひとりで、彼女に見つからないよう息を潜めていたのだが、ここに来てやはり天罰が下ったようだ。続けてさっきまでジュリを逃すまいとする軍人たちにも深手を負わせた。アイアンフィンガーを剝き出しにすることで長年眠らせていたジュリの本性に火が付いた。イツキは逃げ惑う。

「無駄だ無駄無駄！　わたしに一度も勝てなかったおまえがここに来て、わたしを土にまみらせることなど、細蟻が巨像を倒すがごとき！」

「イッキ！」

正憲が日本刀をイッキに放り投げたが、ジュリがアイアンフィンガーではたき落とした。それでも全力を振り絞ってくるりと身を翻し、日本刀を手にした。鞘を抜き、ジュリのアイアンフィンガーを正面から受けた瞬間、刃は真っ二つに叩き折られた。日本刀はすでに限界だった。

イッキの体がぐらぐらしだす。どういうことか。視界もぼやけ、自分の意思とはかけ離れて指先がぶるぶると寒気立つ。ジュリが舌なめずりをする。

「そろそろ効いてきたな。この剃刃には、毒が仕込んである」

ベトナム人のトランが呆れる。

「サイテー」

ジュリが蹴り上げると、避けきれずにイッキは後ろに倒れた。ジュリが見下ろす。

「それだけじゃない。このアイアンフィンガーの真の恐ろしさを見せてやる」

不意にジュリが屈んだ。アイアンフィンガーはイッキの傷だらけの足を掴んだ。

イッキは声もなく、目を見開いたまま全身を細かく震わせた。

ジュリは立ち上がると、誇らしげに話した。

「どうだ、十万ボルトのスタンガンの威力は」

イッキの体はびくびくと痙攣が止まらなかった。正憲が嘆息する。

「きき汚え、遣り口が、ききき汚すぎる」

「こいつをこの手で亡き者にできるのなら、手段は選ばん」

ジュリは口から泡を吐くイツキにほくそ笑む。刃針をマックスに伸ばす。

「これでおしまいだ。わたしに勝とうなんざ百年早い——死ね！」

ジュリは呼吸を整えると、片足で高く飛び上がった。全体重をかけて刃針をズブリと肉に突き刺した。

「あ！」

誰もが叫んだ。ジュリも、肝心のイツキも。

「なんだと……⁉」

刺されたのは葉子だった。彼女はジュリが飛び上がった瞬間、イツキの体の上に飛び込み、覆い被さった。

「葉子……！」

掠れた声で愛する者の名を呼んだ。その刹那、葉子は血反吐をはいた。

ジュリが立ち上がり、ふたりを見下ろす。いかにもつまらないといった顔で吐き捨てた。

「こいつはおまえの女か。ふん、ざまあみろ。わたしは我慢して男と結婚した。夫を含めて男には指一本触れさせていない。なのにおまえは。わたしは、おまえの自由奔放が憎かった」

ジュリの恨み言はイツキの耳には入らない。それより葉子の顔から見る見るうちに血の気が失せて、蒼白に変じることが怖かった。いっそ誰の目も憚ることなく慟哭したい。しかし手足はいまだに痺れ、指一本動かすことができなかった。

「てててめえ！　人間じゃねえ！」

「ワタシたちが勝負してやるよ！」

正憲とノートリアス・アキコがジュリに食ってかかる。ベトナム人のトランも前に出てくる。元PBHの少女までぬいぐるみを抱いたままジュリに突っ込んだが、彼女の合気道により、高々と宙を舞った。

「焦んなよ。次は、おまえらだ。それからこの壁の外に出て、わたしは逃走する。この町から。この国から。チンギス・ハーンに生まれ変わった義経《よしつね》のように、女を認めなかったこの国に侵略してやる」

その間だった。他の者たちに気を取られているうちに、迅魚がとっておきのものをイッキに差し出した。

「イッキさん」

呼びかけたが瞳孔が開いている。

「嘘をついてごめんなさい」

迅魚が彼女の目の前に秘密兵器を差し出した。

「限定マヂカル☆がぶがぶハイパーミックス＋Ｌｏｖｅです！　私が死ぬ前に飲もうと取っておいた、最後の一本です。どうぞ！」

迅魚はキャップを捻る。イッキの口をこじ開けて、流し込んだ。パステルカラーの液体がイッキの中に注がれていく。イッキの目に光が宿る。満身の生気が集まっていく。

が、イッキは黒い血とともに限定マヂカル☆がぶがぶハイパーミックス＋Ｌｏｖｅを噴き出した。

「あっ、あっ」

迅魚が叫んだのはイツキが血を吐いたからではなく、限定マヂカル☆がぶがぶハイパーミックス＋Ｌｏｖｅを噴き出したからだ。もったいないと叫びたかった。口から零れた限定マヂカル☆がぶがぶハイパーミックス＋Ｌｏｖｅがイツキの抉れた肉にかかると、じゅーっと煙を立てた。治癒しようとしていた。

ジュリが正憲たちからイツキに視線を戻すと、イツキに長い顎髭の男が話しかけていた。まただ。いつだってあの女を助けようとする輩が現れる。気に入らなかった。

ジュリは迅魚を蹴飛ばす。目を閉じたイツキを確認する。隣には葉子が横たえられている。

「あの世で会うがいい」

ジュリがアイアンフィンガーを振り下ろす。

しかしイツキがその腕を蹴った。

「何だと！」

イツキがさっと立ち上がる。血塗られた口元を拭う。

「ＨＰフル回復」

「それはよござんす」

迅魚が合いの手を入れた。

「ジュリ、遊びは終わりだ」

「それはわたしのセリフだ！」

ふたりは向かい合う。

朴信日が菓子に駆け寄る。迅魚もそばに寄る。

「手を貸して下さい。とりいそぎ、止血しましょう」

イツキとジュリはじりじりと間合いを詰める。

ジュリが空手の型を見せた。正面から正拳と平拳、前蹴りのコンビネーション。しかしイツキは難なく避け、裏拳から横蹴りでジュリからダウンを奪った。ジュリは驚きを隠せない。

イツキはブルース・リーのように手を上に向けて四本の指で来い来いをした。ジュリが口の中の血を吐き捨てる。

「少しは腕を上げたようだな。ならば」

ジュリの構えが変わる。合気道だ。がに股に開き、重心を腰に据える。イツキも同じ姿勢を取る。摺り足で互いに近づく。手を取り合う。イツキがジュリの腕を取った瞬間、ジュリの体が弧を描いた。四方投げだ。焦ったジュリは合気道の基礎を忘れたのか、イツキの体に飛び込もうとする。イツキは自分の懐にジュリを入れると入身投げを決めた。ジュリが立ち上がろうとするたび、イツキは面白いように彼女の体を浮き上がらせた。取り囲む人たちには、まるでふたりが打ち合わせ済みのショーをしているように見えた。それぐらいイツキの技は鮮やかだった。

ジュリがよろよろと立ち上がる。イツキが摺り足のまま突進する。力は要らない。丹田の力で押すとジュリは後ろにドターンと倒れた。イツキが見下ろす。

「母に勧められ、我らは同じ日に武道を始めた。まさかそれが互いへの殺人技に使うなどとは、墓の下でも思うまい」

「笑止！」

ジュリは立ち上がると同時にイツキのシャツの袖口を掴む。講道館杯女子五十二キロ級覇者のジュリにとって、イツキを投げ飛ばすには十分だった、はずだった。

イツキはジュリの襟を握ると、電光石火の背負い投げで、危険な角度からジュリの頭を地面に叩き落とした。誰もがジュリの頭が生卵のように割れたか、もう終わりだと思った。

イツキは仁王立ちで、倒れたジュリを見下ろす。ふたりの間にまだ決着はついていなかった。ジュリが何度も立ち上がろうとするが、その度体が崩れ落ちる。「もうやめろ！」と観衆から声があがったが、イツキとジュリは互いに視線を逸らさなかった。

ジュリが立ち上がる。イツキは攻撃した。

「あたたたたたたたたたたた！」

イツキはジュリの顔面に、喉に、肩に、心臓に、鳩尾に、脇腹に、疾風怒濤の鉄拳を繰り出した。ジュリが倒れそうな方向に鉄拳を繰り出すことで絶妙なバランスが保たれ、倒れることもできなかった。ジュリは人間サンドバッグになった。

「あたたたたたたたたたたた！」

十一秒間に三十七発の拳が炸裂した。トドメに、顎先から耳の裏、そして後頭部にかけて回し蹴りを叩き込む。ジュリが頭から崩れ落ちる。首から下が離れていないのが奇跡なことのように思えた。

イツキは勝利を確信し、残心を見せる。

「それまで！」

朴信日が叫んだ。

ジュリは頭部の穴という穴から、穴ではない箇所から血が噴き出ている。

イツキの表情は変わらなかった。肉親を殺めた者には見えない。むしろ生涯の宿敵に打ち克った者が見せる達成感に近いものを感じさせた。

イツキは辺りを見回す。それを拾う。

するとジュリの体を抱きかかえて起こすと、限定マヂカル☆がぶがぶハイパーミックス＋Ｌｏｖｅのペットボトルにわずかばかり残っていた分を飲ませた。

「ゲホッ」

絶命したように見えたジュリが目を覚ます。自分を抱きかかえている者に気が付き、鋭い視線を投げる。

「なぜだ。なぜ貴様ごときにぃ……！」

イツキは静かに言った。

「修羅場を潜ってきたのは、あんただけじゃない」

ジュリが悲痛に叫ぶ。

「貴様に……貴様にわたしの何がわかる！」

「その元気があるなら今から裁判にかけても平気だな」

朴信日が話しかける。イツキがすっと離れる。迅魚に診てもらっていた葉子のもとに寄る。軍人がジュリの左右に立ち、腕を押さえる。返す力はジュリに残っていなかった。

迅魚がジュリを悲しい目で睨み付け、非難の言葉をぶつけた。

「どうして、こんな残虐なことができたのですか？　マイノリティーへの差別的言動。強制労働。

人体実験。まるでナチスじゃないですか。あなたも勉強してるなら知ってるでしょう？　これは絶対悪だと。そして、こうした悪の繁栄は長続きしないことも」

ジュリは迅魚から目を背けず、むしろ胸を張るように弁解した。

「わたしは愛国者として判子を押してきただけだ」

イツキは冷ややかな目で彼女を見た。それがジュリの感情を揺さぶった。思いの丈を吐くときがきた。

「イツキ。忘れてはいないよな。あの日のことを。中学一年生のあの日のことを」

「…………」

「ふたりして初潮を迎えた日のことだった。学校からの帰り道、おまえは男に襲われた。樹の下に連れ込まれたおまえを見て、わたしは持ってた彫刻刀で男を攻撃した。しかしもみくちゃになり、男に致命傷を与えたのは、おまえの一太刀だった。男は息を引き取る寸前、わたしたちを交互に眺めた後、こう呟いた。

〝……違った〟

わたしはおまえの肩を摑んで言い聞かせた。

〝ジュリ、この男はわたしを狙っていた。なのにおまえに累が及んだ。この男を殺したのはおまえのせいではない。全部わたしのせいだ。いいか、おまえは今からイツキになれ。わたしはイツキからジュリになる。もし警察が来ても、連れて行かれるのはわたしだ〟

その日を境にわたしたちは入れ替わった。

イツキはそれまでの優等生から一転問題児に。わたしは問題児から優等生に。

友人たちも、母親でさえ気が付かなかった。いつ警察が来るかと不安で仕方がなかった。しかし男の死体さえ発見されなかった。そのまま歳月は流れて、わたしたちは入れ替わったことも忘れた。そして今日がある」

「ジュリ、訊きたいことがある。あのとき、なぜわたしを助けようとした」

ジュリはイツキの目を見つめた。

「おまえが、大切な姉妹だからだ」

イツキはその言葉に視線で返した。ジュリも心で受け取った。愛憎姉妹は初めてわかり合った。

ジュリは微笑みを見せる。すべてが吹っ切れたような優しい笑みだった。

「あーあ、あんたが妹でなかったら、わたしの人生はもっとラクだっただろうに」

言うや血を吐いた。イツキは葉子を迅魚に任せて、ジュリのもとに近づいた。

イツキとジュリは顔を見合わせる。イツキが言う。

「ふたりとも、あの母親の犠牲者だ」

人々は見た。ジュリの右手が持ち上がるのを、アイアンフィンガーがイツキの頭上にあることを。

声を出して止める間もなかった。

刃針が深々と肉に刺し込まれた。

イツキは逃げる間もなかった。

ジュリのアイアンフィンガーは、自らの首に刺し込んだ。

「ああ……！」

それは誤爆ではない。ジュリの意思だった。

血を噴き出しながら、最後の力を振り絞り、ジュリはその名を絶叫した。

「マーマー！」

そして事切れた。イッキはジュリを抱きしめた。初めて姉を心から抱きしめた。

手籠めのＫｅｎ、タカギジュリ。すべての死闘は終わったように見えた。

イッキはジュリを抱きしめたまま、大声で叫んだ。

「いるんだろう。出てこい！」

物音がした。収容所を一望できる執務室の窓が割れた。それは姿を見せた。

人々は自分の目を疑った。これは現実なのか。何が起こっているのか。信じられない思いだった。

目も鼻も口も耳もドロドロに溶解して朽ちた肉塊が、割れた窓からぬっと顔を覗かせた。

居合わせた誰もが思った。これは、幻影ではないと。

56

緑色の怪物はスライムのように形を変えて壁を伝って下りた。

その場に居合わせた人々は、固唾を呑んで見守った。

いったいあれは何なのか。映画でもマンガでも見たことがない。強いて言えば巨大な変形ガマガエルか。しかし前肢も後ろ肢も水かきも見当たらない。足らしきものは辛うじてうかがえるが長さはない。あれを足と呼んでいいものか。じわじわとイッキのところに近づいてくる。ナメクジのように、進んできた跡はしとどに濡れていた。

「うわーっ！」

人々は慌てふためき、逃げ惑った。残ったのはイッキと、息を引き取ったジュリと、迅魚と、朴信日をはじめとした城の住人だけだった。芹沢未亡人と娘はあまりの恐怖に腰を抜かしていた。

緑色の怪物は、優に四メートルはあった。幅も同じぐらいある。厚みは二メートルほどか。表面はぷよぷよしている。緑色とひとくちに言ってもその肌には濃淡があり、青磁色の淡さから海松色の茶色がかった濃度まで幅がある。見蕩れるほどの不気味さだった。

その怪物が、喋った。

「なんだいやぶからぼうに、ひとをよびつけて」

驚かずにはいられなかった。やや不鮮明だが、間違いなく日本語を口にした。

イッキは片膝をついて、ジュリを抱きしめたままだった。緑色の怪物をきつく睨んだ。

目も口もない緑色の怪物が、ちょっと面食らったように見えた。

「おや、そのこ。しんじゃったのかい」

イッキは訊かれても答えない。小さな沈黙があった。

何か音がした。それが緑色の怪物の発した欠伸とわかったのは、貴一のような子どもたちが先だった。

「あー、おなかへった。きょうはどのしゅうじんだい？」

緑色の怪物は上半身（らしきもの）を軽く捻ると、それを見つけた。

手籠めのＫｅｎの残骸だった。

緑色の怪物の動きが止まった。しばらく考えているように見えた。そしてこう呟いた。

「あれ、いいかい？」

誰もその意味を測りかねた。しかしここでもやはり先にその意味を理解したのは子どもたちだった。

「うそ」

元ＰＢＨの美少女が言った。

緑色の怪物が手籠めのＫｅｎに近づく。血だるまの肉塊を見下ろす（ように見えた）。

それから、手籠めのＫｅｎにのし掛かった。大福のような形に変わって全身を包み込んだ。

みな、息を殺して見ていた。

緑色の怪物は小さく躍動していた。耳を澄ますと、クチャクチャと音が聞こえる。咀嚼しているようだ。芹沢未亡人は娘を抱きかかえ、自分もかたく目を閉じると、「神様……」と祈った。葉子が大ケガをしているので、貴一はただ口を開けて一部始終を見ていた。ノートリアス・アキコがたまらず小間物屋を開いた。
二、三分間の出来事だったが、見ていた者たちからすると終わりのない地獄に感じられた。
緑色の怪物は食事を終えると体を起こした（ように見えた）。

「こいつは3りゅうだね」

緑色の怪物の足下には何も残っていなかった。要するに完食したわけだが、緑色の怪物の評は手厳しかった。

「バーゲンセールのようなじんせいだ。あぶらみだけの、ブロイラー」

イツキは初めて手籠めのＫｅｎに同情した。

緑色の怪物が、次に何かに気が付いた。

「それもいいかい」

ノートリアス・アキコの嘔吐物のことを指しているようだ。

「え、え、え」

アキコは許可を出したつもりはなかった。しかし緑色の怪物が体を平らにして、思いがけないスピードで足下までやってきた。うわっと飛び跳ねた。

緑色の怪物はしばし嘔吐物を眺めていた。また音がした。間延びした、実に人間らしい音色。勘のいい人にはそれが空腹時の腹の音だとわかった。緑色の怪物は、手籠めのＫｅｎだけでは足りなかったようだ。

緑色の怪物はアキコの嘔吐物に覆い被さる。誰かの食べ残しを摘まむような様子に似ていた。しばらくしてそこを退くと何もなかった。残らず平らげたのだ。アキコはそれを見てもう一度吐きたくなったが、緑色の怪物にこれ以上エサをやりたくなかった。緑色の怪物はさしたる感慨もなく、ゲロの感想を述べた。

「あんた、わるくないわね」

正憲は静かに行動に出ようとしていた。恐れ戦いた軍人たちが置いていった89式5・56㎜小銃を手にすると、厳かに構えて、緑色の怪物に向けて発射した。

銃声が轟いた。しかし、何も起こらなかった。

正憲と緑色の怪物はおよそ五メートルほどしか離れていない。この距離で、あれほど大きな標的を外すことなどありえない。けれども反応はなかった。撃った感触はあったが、反応は見えない。

正憲は立て続けに二発、三発と緑色の中央に向かって銃弾を撃ち込んだ。

正憲は小銃から顔を上げる。そんなはずはないと思った瞬間、彼の体は五メートル先に吹き飛ばされていた。

とんでもない爆風だった。砂塵が舞った。正憲以外もころころと転がされた。

「あらごめんなさい。わたしったら」

緑色の怪物は口に手をあてて謝った（ように見えた）。

「え」

「まさか」

貴一がくんくんと鼻を動かす。

「ぶえーっ、何だこの臭い！」

他の者も感じる。笑い話にはならない、壮絶な悪臭だった。

「目が、目が痛い。目にしみるっ」

みけが激しく咳き込む。

「く、臭い。つらい。しんどい」

「ああ、まさか」

正憲が天を仰ぐ。有毒ガスを直接浴びた彼は、体が痺れて動かなくなった。

正憲だけではない。その場にいた者はあまりの臭さに、誰も逃げることができなくなった。

イツキが身じろぐ。息を止めていてもつらかった。異臭が皮膚の細かい毛穴にまで入り込んできた。自分を助けてくれた限定マヂカル☆がぶがぶハイパーミックス＋Ｌｏｖｅのペットボトルを手にする。しかし容器の中には一滴もなかった。

周りがこれほど苦しんでいても、緑色の怪物はさしたる反応はなかった。むしろ何かを考えているような、思い出しているように見えた。

緑色の怪物は口を開いた（ように見えた）。

「え」

間が空く。

「なんていった」

また間が空く。

「しんじゃった？」

さらに間が空いた。

そして、地の底から震えるような呻き声が上がった。

その場にいた者たちはみな、押さえる箇所を鼻と口から耳に変えた。

地面が揺れる。その場に這っても恐怖を感じる。地響きはしばらく続いた。

顔を上げた者は気が付いた。緑色の怪物の色が変わっている。全身が真紅に変色し、朱色の怪物に化けていることを。

「ヴォオオオオオオオっ」

朱色の怪物の頭らしき場所を中心に湯気が立つ。

もう一度悲痛な叫び声をあげたかと思うと、次の瞬間、猛スピードで二十五メートル先の壁に激突した。およそ二秒かからないスピードだった。脱出不可能にするため、高さ十メートルほどもある壁らしい壁に罅が入った。朱色の怪物は一瞬動きを止めたが、その後はさらに荒れ狂った。

壁の中は八十平方メートルほど。大型トラックやショベルなどの重機、電柱、実験室、野戦病院のような収容所、イツキが連れ込まれた通称レイプ小屋など、朱色の怪物は何もかも薙ぎ倒した。

朱色の怪物が突進した後は地面が抉れていた。巨獣の突進に巻き込まれ、先に逃げた者たちが轢かれて、下敷きになった。

朱色の怪物は暴れることで少しは落ち着いたのか、表面の色がやや緑色に戻りかけていた。肩を落としたように（見えた）、とぼとぼとイツキたちがいる場所に、頼まれもしないのに戻ってきた。そして、何事もなかったように呟いた。

「おなかへった」

その場にいた者たちは沈黙した。なぜなら彼らは、緑色の怪物を頭上から狙っている者が気付かれないようにしていたからだ。

イツキは建物の四階までよじ登った。口には半分に欠けた日本刀を銜えている。この高さからなら、スピードも加わって、緑色の怪物に突き刺さるのではないかと考えたのだ。

緑色の怪物はあたりの沈黙が気になりだした。どしたのと言いかけたところで、イツキの日本刀が振り下ろされた。

が、今度こそ刀は鎺《はばき》から、つまり根元から折れた。

万事休すだった。

イツキは緑色の怪物の頭上にしがみついていた。

緑色の怪物はしかし、気が付いていない様子だ。

そのまま黙って静止していたが、緑色の怪物は思い出したように呟いた。

「蠅ね」

言うや、緑色の怪物の足下から長い赤絨毯が伸びた。どうやら舌のようだ。

長い舌はイッキをぐるぐると巻き込むと、素早く足下に取り込まれた。瞬きの間だった。

それを見ていた葉子は声を失った。が、よろよろと立ち上がり、緑色の怪物のほうに向かって進もうとしたが、朴信日に止められた。

「行かせて！　お願い！」

貴一は涙を流しながら、葉子の足に縋り付いた。

ノートリアス・アキコが呆然とする。

「子殺し……」

緑色の怪物は咀嚼している。運動をしてさらに空腹だったのか、緑色の怪物はさきほどの食事よりもクチャクチャと意地汚く音を立てた。

終わった。何もかも。

そしてイッキの後には、逃げ遅れた自分たちがひとり残らずこの化け物の餌食となるのだと覚悟した。

はずだった。

緑色の怪物の動きが止まった。

やがて震えだしたかと思うと、揺れは小刻みから大きなものに。そして遂に、辛抱しきれないと見えて、イッキをわっと吐き出した。

「あああ！」

胎児のように体を丸めたイッキがいた。全身のあちこちに溶けかけた寒天に似たものがこびり付いている。緑色の怪物の胃液のようなものか。

これだけでは緑色の怪物の嘔吐は終わらなかった。何度か吐いたかと思うと、大きさ一メートルほどの赤い肉塊を続けて嘔吐した。手籠めのＫｅｎの残骸だった。

一同は、声も無くその光景を見ていた。

緑色の怪物がひっくり返る。ぜいぜいと息をつきながら、イソギンチャクのように大きな口と、口盤を縁取る無数の触手を震わせていた。

「イッキ！」

今度こそ葉子は朴信日と貴一を振り払い、愛する者に駆け寄った。

「イッキ！　イッキ！」

息も絶え絶えに、何度もその名を呼んだ。まるで今生の別れのように。

イッキは愛する者の呼びかけに応えるように、ゆっくりと目を開いた。

「イッキ！」

葉子はイッキを抱きしめた。

するとまた、緑色の怪物が地響きのような大声で呻いた。

「……おとこくさい！」

葉子は何を言っているかわからなかった。しかし徐々に意識を取り戻していたイッキにはすべて理解できた。

この化け物は、男は苦手なのだ。食わず嫌いではない。アレルギーのようなものだ。手籠めのＫｅｎを、血でべったりとコーティングされていたため男と気付かずに平らげてしまった。

しかし男根と陰嚢を切り取られていたとはいえ、全身絶倫家の手籠めのＫｅｎだ。消化しきれず、胃への時限爆弾として残った。そこにイツキが飲み込まれた。膣や肛門の奥のみならず全身に男たちの精液を浴びていた。誘い水のような形になって、緑色の怪物は食あたりを起こした。

今ならこの怪物にトドメをさせる。イツキは直感した。

しかしどうすればいい。銃弾も日本刀ももうない。

イツキはそれを思い出す。よろめきながら立ち上がる。

「イツキ！」

葉子の声は聞こえない。イツキは求める。

ジュリの屍があった。彼女のもとに寄り、右手を掴む。

アイアンフィンガーだ。五本の刃針は健在だった。

イツキはこの日何度目かの最後の力を振り絞り、ジュリの右手からそれを捥ぎ取った。

緑色の怪物のほうを振り返る。

「バケモノ、そのざまはなんだ。もう一度わたしを食べてみろ！　今度こそ完食してみろ！」

緑色の怪物の表情が変わった（ように見えた）。

またもや全身を朱色に変化させて一喝した。

「おやにむかって、そのくちのききかたはなんだ！」

朱色の怪物の長い舌が伸びる。イツキの体をぐるぐると巻き込む。そしてまたしても神速でイツキを飲み込んだ。

「イツキ！」

葉子が叫ぶ。彼女は見逃さなかった。朱色の怪物に飲み込まれる直前、自分に向かってウインクをしたのを。

朱色の怪物はむしゃむしゃと音を立てながら全身を揺すっている。固い煎餅を奥歯で嚙み潰す老女のようだ。みなが見守っていた。奇跡を信じて。

ほどなくして朱色の怪物は、ぷへーっとひと息ついた。笑ったように見えた。

「これはあれだな、なかなかのイッピンだったぞ。クソなまいきだったが、はごたえがたまらんかった」

みなは見ていた。そして見た。朱色の怪物のあたまから、五本の刃針が突き出しているのを。

「さーて、おつぎはどいつをいただこうかな」

舌なめずりをした（かに見えた）が、それが怪物のこの世の最期の言葉になった。

頭から伸びていた五本の刃針がすーっと朱色の怪物の顔らしき箇所まで滑り落ちた。

そのまま胸と腹の辺りまで裂かれると、ぶばっと大きな音を立てて切れた。

中からアイアンフィンガーを握りしめたイツキが出てきた。

「あああああ！」

朱色の怪物は、自分の身に何が起こったかわからないまま叫んだ。

手らしきものを正面にやり、触って確認するような仕草を見せる。

あとは思い出したように、ぐへっと叫ぶと、体の内側から全部捲れて倒れた。

捲れは止まらない。ぐるぐると中から外へ、ゼリー状の肉が捲れていった。

言葉にならない悲鳴を上げながら、色が朱から青へ。青からまた朱に戻る。先ほどのそれとは明らかに異なる。まるで圧力鍋に茹でられた蛸のような赤みだ。

そこから怪物は七色から十二色、四十八色から二百色と色が入り交じり、最後は黒より黒い黒になったかと思うと、徐々に薄まり、最終的に白妙に転じて絶命した。

ノートリアス・アキコが漏らす。

「やった。緑色の怪物を愛《あい》で殺した」

怪物の体が気体を発する。見る見るうちに溶けて消えていく。

イツキに直感が走る。

「まさかとは思うが」

イツキは怪物の溶けかけた残りを掌に掬う。それで葉子の傷口を覆った。

「あああ」

迅魚が目を丸くする。葉子の背中に空いた五つの穴が閉じていった。

芹沢未亡人がそれを見て天に祈る。

「主よ、奇跡は起こりました」

イツキが微笑む。

「神様が助けてくれたか。ずいぶん手荒な神様だが」

朴信日が、正憲が、ノートリアス・アキコが、ベトナム人のトランが、みけが、元ＰＢＨの少女が、城の住人が揃う。葉子が微笑む。イッキを抱えて取り囲む。

「まだ死ねない。生まれたからには生きてやらないとな」

第五部 世界はふたりのために

57

ＫＥＹ１@mystrongmom
親愛なる世界のみなさん、僕たちは独立することにしました。

貴一がそのツイートを世界中に向けて発信したのは、イッキの死闘から五ヶ月ほど経ってからのことだった。

一同は城に戻り、今後どうすべきか議論した。日本政府に対して壁の中で何が行われているか、抗議の声をあげよう。いや、ここはおとなしくしているのが大人の態度だなど、いかんせん癖の強い者たちが雁首を並べているため、話し合いは何度もこじれ、決裂し、物別れに終わることが多かった。

しかし全員の意見を一致させたのは、葉子の提案だった。

朴信日と自分たちが住む城を、日本から独立させるというのだ。

確かに現状、日本中が「建国」ブームに沸いている。PBHもそのひとつだった。もちろん日本政府が承認したものではない。彼らは各々勝手に叫んでいた。

「そうじゃなくて、日本政府に対して、対等の扱いを要求するの。できるわよ。だってこっちにはプルトニウムがあるんだから」

城の地下の保管庫のことを指す。

一時は命が危ぶまれた葉子だが、迅魚の天才的な医術もあり、めっきり快復した。イツキも死闘三本立ての後しばらくは、城の中を歩くことさえできなかった。それがここまで復活できたのは、生来の生命力と、母親の呪縛から解放されたからだと葉子は見ている。

「わりと近くにあるでしょ。生産性も軍事力もたいしてない共産主義国家が、核を所有することで、綱渡りながら世界の主要国と渡り合っている」

「ほんとに綱渡りだけどね」

みけがツッこむ。

「あんなに安上がりに国防ができるんだもん。こっちは新しく国を作っても、余計な軍事費はかからない。それにこっちにはCIAの手先さんもいるし」

広間のテーブルにつく者がみんなして朴信日を見た。朴信日はわざとらしい咳をした。

「あちらには、おまえたちに軟禁、脅迫されているとでも伝えようかな」

一同は笑い、やんやの拍手を送った。

「だが諸外国と渡り合うには私ではダメだ。顔ではない。それにこれ以上ない胆力が必要とされる」

朴信日がある人に視線を向ける。他の者たちも彼女を見る。

イッキは目をぱちくりさせる。

「わたしか？」

「イッキママ以外に考えられないよ。だってあんな怪物と一対一で戦って勝つなんてありえない」

「そそそうだな。男よりずっと強いわ」

正憲が言う。

「世界一」

ノートリアス・アキコが深く頷く。

「それでは新しい国、〝プルトニウム恵田町（仮）〟の国王は、久佐葉イッキさんがいいと思う人は手を挙げて下さい！」

貴一の声に、イッキ以外の全員が挙手した。

「これで〝プルトニウム恵田町（仮）〟の初代国王は、久佐葉イッキさんに決定しました！」

みなが拍手を送る。イッキだけが面白くなさそうな顔でテーブルに肘をつく。葉子は笑う。

58

〝プルトニウム恵田町（仮）〟のＨＰがアップされた。いまどきのいいデザインだ。トップページから〝プルトニウム恵田町（仮）〟の組閣が写真付きで発表された。

久佐葉イッキ――国王
葉子――補佐官、財務大臣兼任
正憲――防衛大臣
ノートリアス・アキコ――広報官
朴信日――官房長官
トラン――外務大臣
貴一――IT大臣
芹沢未亡人――環境大臣
その娘――環境副大臣
みけ――内閣府特命担当大臣（まち・ひと・カルチャー創世総合戦略）
元PBHの少女――こども庁長官
元PBHの少女のぬいぐるみ――こども庁副長官

ぬいぐるみのこの子にも役職を与えたいと、少女のたっての願いだった。そりゃ面白いと誰も反対しなかった。

動画が配信される。イッキ国家元首が声明を発表する。

「我々は日本国から独立する。今後は城の地下に眠るプルトニウムの扱いに関して、国と対等に話し合いの場を持っていく」

画面には〝恵田の春〟と銘打たれた。隻眼の国家元首に世界はひっくり返った。

バチカンより小さい国と世間は沸いた。

シーランド公国がモデルだった。イギリス南東部サフォーク州の沖合いに浮かぶ、大きな柱が二本だけのトーチカ。一九四二年に海上要塞として独立を宣言。何度かイギリスが軍隊を投入して武力で制圧をはかったが失敗した。裁判所も独立国と認定して、現在は二代目の公国王が健在だ。

もちろん〝プルトニウム恵田町（仮）〟に対して冷ややかな目で、あるいはイロモノとして見る者が多数だったが、朴信日がアメリカの現国務長官、ロシアと韓国の外務大臣とＺｏｏｍで会談する一部始終を公式ＨＰにアップすると、世間は二度驚いた。

みけは国の広報として報ステに出演した。その際、自分で作った国歌を披露した。ノートリアス・アキコと共同で歌詞を書き、メロディは子どもたちと一緒にアレンジした。最初のうち、「なんで私が」と、みけは不満を零していたが、満更でもなさそうだった。視聴率は令和に入ってから最高の数字を記録した。しかし出演直後にツイッターの匿名アカでエゴサーチしたら悪口ばかりで落ち込んだ。

〝プルトニウム恵田町（仮）〟は観光事業にも着手すると発表した。城の中を案内するのは子どもたち。城の中には世界の名画や芸術品が揃っている。これには世界中のアートマニアから申し込みが殺到した。ディナーは朴信日が料理長となってもてなす。お客の舌に合うか、難しいところだが。


「あれ何だったんだろう」

貴一はたまに考える。緑色の怪物のことだ。

イツキとジュリの母は十年以上前に亡くなったと聞いている。

しかしジュリは「ママ」と呼んでいた。

怪物の正体が何だったのかは断定できない。トリチウム水に漬け込み、放射能に汚染されたが、ジュリの飼育により言語を習得した動物なのではとの結論に至った。いやいや、本当にイッキとジュリの母親が異類異形に転生したものでは。古今東西、その手の奇譚には枚挙に暇がない。しかし貴一は小さな頭を振ってその考えを打ち消す。

その後、緑色の怪物が溶けて消えた後の土には、緑色と朱色など、見る角度によって様々な色に変化する妙ちきりんな樹が生えた。春になると奇妙な果実が実ったが、怖くて誰も口にしない。


葉子は膨大な本棚の前に立つ。生物学の学術書が並んでいる。その中には朴の著作『自然工学の再建築』もある。葉子はこのところそればかり読んでいる。素人には難解な内容だが、繰り返し読むうちに自分なりに少しずつ頭に入ってきた。その中に、火事や洪水を誘発することで、作物を枯らすウイルスを人為的に作ることが、理論上は可能だと書いてあった。

葉子の中で閃くものがある。

〝長年、生物学の研究をしていた。その発明が買い取られて、ベゾスの百倍金持ちになった〟

葉子は全身を貫かれる感覚に襲われる。声が出そうになって、必死で手で押さえた。

暖炉のある居間に戻る。朴信日が貴一と元PBHの少女に勉強を教えていた。朴信日の表情は穏やかだ。ちょっと難しいのか、少女は眉間に皺を寄せている。まるで本物の家族のようだと葉子は思う。

少女は頑なに自分の名を言おうとしない。「名無しちゃん」が最近の呼び名だ。しかし年が明ける前に、新しい名前を決めてあげたいと思っている。

朴信日が俯いていた。葉子は驚く。彼は目に涙を溜めていた。葉子が訊ねると、朴信日は答えた。

「むかし飼っていた犬の名前を思い出したんだ」

葉子はそばによって肩に手を置いた。それから母のような声で囁いた。

「絶対大丈夫。うまくいくから」

しかし新しい年が明ける前、独立国家にクーデターが起ころうとしていた。

59

イツキは考える。

長い旅路の果てに、こんな舞台が用意されていようとは。

葉子が「独立国家」を口にしたとき、普段はおとなしくて控えめなあの女が、よくもそんな壮烈無比な提案をしたものだと驚いた。

絵空事だと思いつつ、持続可能をめざす国家の滑り出しは順調だ。

けれどもイツキは倦んでいた。自分をクライシス・ジャンキーだと思ったことはないが、キューバに革命をもたらした後のカストロの気持ちはこれと同じか。

この城の居心地は悪くない。いや、悪くないからこそ悪いのだ。

安住の地を探す旅こそ安住なのだ。自分はそうした生き方しかできない。イツキはお腹に手をやる。この子もそうしろと命じている気がする。勝手な妄想を働かせる。手籠めのＫｅｎと一派の子ではない。この城に来たときから生理はなかった。東京を脱出してすぐの古民家を占拠した連中の子だろう。今後どうするべきか腹は決まっている。

そんなとき、イッキに寝耳に水のことが起こった。

クーデターが起こった。首謀者は葉子だった。


あの女が自分を裏切った？　にわかには信じがたいことだった。

城ではわたしと葉子の寝室は別々だった。貴一はこれまで通り葉子になつき、一緒に寝ていた。

その日も昼近くまで眠っていたところに部屋の扉を叩く音がした。寝ぼけ眼で開けると、貴一が立っていた。いつのまにこんな大人びた顔をするようになったのかと思う。

「久佐葉イッキ、貴様を国王から除名する」

たぶん間が抜けた声が出ていたと思う。子どもの頃見たどっきりテレビを想起した。

貴一の後ろには、正憲が、ノートリアス・アキコが、朴信日がといった組閣メンバー、要するに苦楽をともにした城の住人が全員揃っていた。ひとり残らず、見たことがないほど真剣な面持ちだった。

「どしたんだよ」

目を擦って眠い目をして誤魔化した。

「でで出ろ」

正憲が乱暴に言う。渋っていたら首根っこを摑まれて、大広間に連行された。

そこにはありえないほど激しい目をした女が待っていた。葉子だった。

わたしは床に座らされた。葉子が重々しく口を開ける。

「私が、二代目の国王の座につくことにしました」

葉子が神々しく見えた。光輪さえあるように思えた。

「なぜかわかりますか」

えっとわたしは思う。しかし二日酔い、いや一週間酔いの頭では思いつかなかった。

「あなたのこのところの国王としての振るまいは、子どもたちも多いこの国の模範にはなりません。よって私は彼らに相談し、このような実力行使に出ました」

わたしは、思っていた。いつかこんな日が訪れるのではないかと。

葉子を泣かせてばかりきた。男役の特権と思い、彼女の知らないところで火遊びを繰り返してきた。葉子が気付かないふりをしていることに気付かないふりをしてきた。

復讐される日がきたのだ。

葉子がわたしの目を見て言う。

「あなたを、国外追放にします」

ときが止まったような気がしたが、もちろん気のせいだった。葉子は続ける。

「この刑を回避するためには、ひとつだけ、方法があります」

葉子は一枚の紙切れを取り出した。

婚姻届だった。見たことがある。既製のものを参照して作られていた。

葉子が言う。

「私はこれまで内縁の妻だった。でもプルトニウム恵田町（仮）は、同性同士でも結婚が認められています」

「そんなの誰が決めた」

「私だ」

朴信日が口を挟む。

「あんた官房長官じゃなかったのか」

「法務大臣の椅子が空席だったので就任した」

わたしは呆然とする。酔っていた頭がしゃきっとする。

それと同時に気が付く。

「まさか」

「………」

「まさか、葉子」

「無礼者、国王よ！」

ノートリアス・アキコが声を張る。

わたしは葉子の目を見て言う。

「わたしと籍を入れたいために、新しい国を作ったのか」

葉子の頬をひと筋の涙が落ちていく。

ああ、なんてことだとわたしは思う。

これはすべて、葉子が仕掛けた「愛のクーデター」なのだ。

言葉にならない。

「プロポーズしなさいよ」

ノートリアス・アキコが、本人は小声のつもりなのだろう、囁いてくる。

「ほら」

誰彼となく言ってくる。

わたしはゆっくりと立ち上がると、葉子の前から踵を返した。それは誰にとっても予想外の行動だったに違いない。

「ちょっとあんた、どこに行くつもり⁉」

わたしはそこを去ろうと、歩みを進める。

「いい機会だ。ここを出て試してみたい。わたしに、破壊以外のことができるのか」

きっとわたしの背中で葉子は泣いているだろう。だけど、これでいいのだという思いが強くある。愛し方がわからない。愛されたことがないから。

憎しみしか知らない。調教で得た知恵のように。

わたしの腕を摑む者がいる。

「イツキママ、行かないで！」

貴一が叫ぶ。さっきまで、いつの間に大人になったのかと思いきや、涙声は子どものままだ。

「家族は、重たいんだ」

本心ではない言葉が口から出る。

ひょっとしたら、わたしのマインドを以てしても、不特定多数の男たちに姦されたという負い目が働いていたのかもしれない。だから寝室を別にしていたのだろうか。

わたしは重たい頭で考える。すぐには答えが出ないことを考える。

思春期に読んだ箴言を思い出す。

世界を変えられないなら、自分を変えろ。

自分を変えられないなら、世界を変えろ。

性的マイノリティーである自分には強く、深く響いた。それを信条にして生きてきた。

でも「世界」って何だ。いま目の前にあるのは「世界」じゃないのか。

変えられない自分も「世界」じゃないのか。

貴一がなおも叫ぶ。

「イツキママは勇気があって強くて、カッコいい人だろ！　血が繋がってないぐらい何だ。僕をもっと可愛がってよ。僕をちゃんと育ててみろよ」

生まれてこの方経験したことがない熱い感情がこみ上げる。実姉を葬ってもこみ上げてくることのなかったエモーション。

わたしは歩みを止める。振り返る。涙で見えない。愛する女に、その言葉を伝える。わが子を抱きしめながら、思いの丈を込めて。大きな声で叫んだ。

完

樋口都志子（一九四五～二〇一八）に捧ぐ

——C・Wに捧ぐ

参考文献：『母と娘はなぜこじれるのか』（斎藤環×田房永子、角田光代、萩尾望都、信田さよ子、水無田気流）に謝辞を捧げます。

他に、町山智浩。ベンジー、ケンジ、マーシー、スチャダラ、千里、元春。ビースティ、NWA。松岡正剛。『興行師列伝　愛と裏切りの近代芸能史』、『関東大震災』吉村昭。ディラン。『2010s』、鷲田清一。ブランキー。「ポストの中の明日」。開高健。『ケープ・フィアー』、HYPERLINK "https://precious.jp/articles/-/4073" \l "authorprofile" Precious.jp、天皇の玄孫を名乗る奴、『美味しんぼ』。『櫻の園』、『つかこうへいインタビュー現代文学の無視できない10人』、『意味という病』、『チョコレート』、JobRainbowMAGAZINE、『魔法少女まどか☆マギカ』、Galaxie500、『バニシング・ポイント』から引用、影響、パスティーシュ、オマージュなど。

最後に、ディア・マム、ファック・ユー

本書は書き下ろしです。

樋口毅宏（ひぐち　たけひろ）
東京都豊島区雑司が谷生まれ。出版社に勤務したのち、2009年『さらば雑司ヶ谷』で小説家デビュー。11年、『民宿雪国』が山本周五郎賞・山田風太郎賞候補となり、話題に。著書に『日本のセックス』『二十五の瞳』『ルック・バック・イン・アンガー』『愛される資格』『太陽がいっぱい』『タモリ論』『おっぱいがほしい！』『甘い復讐』『ドルフィン・ソングを救え！』などがある。ハードボイルド育児作家。

無法《むほう》の世界《せかい》　Dear Mom, Fuck You

2023年 8 月31日　初版発行

著者／樋口毅宏《ひぐちたけひろ》

発行者／山下直久

発行／株式会社KADOKAWA
〒102-8177　東京都千代田区富士見2-13-3
電話　0570-002-301（ナビダイヤル）

印刷所／旭印刷株式会社

製本所／本間製本株式会社

ISBN 978-4-04-112365-2　C0093
JASRAC 出 2303895-301